國家圖書館出版品預行編目資料

姚品文學術文存（下）／姚品文 著、段祖青 編 -- 初版 -- 新
北市：花木蘭文化事業有限公司，2022〔民111〕
目 4+146 面；19×26 公分
（古典文學研究輯刊 二五編；第 19 冊）
ISBN 978-986-518-801-6（精裝）
1.CST：姚品文 2.CST：中國文學 3.CST：文集
820.8   110022630

ISBN-978-986-518-801-6

9 789865 188016

古典文學研究輯刊
二五編　第十九冊   ISBN：978-986-518-801-6

姚品文學術文存（下）

作　　者　姚品文
編　　者　段祖青
主　　編　曾永義
總 編 輯　杜潔祥
副總編輯　楊嘉樂
編輯主任　許郁翎
編　　輯　張雅淋、潘玟靜、劉子瑄　美術編輯　陳逸婷
出　　版　花木蘭文化事業有限公司
發 行 人　高小娟
聯絡地址　235 新北市中和區中安街七二號十三樓
　　　　　電話：02-2923-1455／傳真：02-2923-1452
網　　址　http://www.huamulan.tw 信箱 service@huamulans.com
印　　刷　普羅文化出版廣告事業
初　　版　2022 年 3 月
定　　價　二五編 19 冊（精裝）台幣 48,000 元

姚品文學術文存（下）

姚品文 著、段祖青 編

目次

中　冊

小說、散文研究與古籍整理

是「為文人寫照」還是「為閨閣昭傳」?——關於大觀園女兒的詩詞吟詠與蔡義江同志商榷

　　蔡義江同志《〈紅樓夢〉詩詞曲賦評注》一書在開拓《紅樓夢》研究中的一個新的領域——《紅樓夢》中詩詞等的研究方面，作了很好的工作。書中對每篇作品的注釋和解說都比較詳盡，卷首還有一篇「代序」:《論〈紅樓夢〉中的詩詞曲賦》，扼要地闡明了詩詞曲賦在《紅樓夢》中所起的作用及曹雪芹在這方面所作的創造性貢獻，其中許多見解都是精當的，筆者亦從中受到不少教益。

　　但是蔡義江同志在《代序》中「時代文化精神的反映」一節裏，表達了這樣的一種觀點:曹雪芹關於大觀園女兒們（蔡文用的是「兒女」一詞，因為大觀園中作詩的還有一個賈寶玉。但從蔡文提出的問題來看，這全詞無疑主要是指女性的。為了使問題明朗化，我在這裡直接用「女兒」一詞）詩詞吟詠活動的藝術描寫，是以男人們的活動為素材的。為了避免斷章取義，我將蔡文中表明總論點的一段全文照錄:

　　　　《紅樓夢》中通過賦詩、填詞、題額、擬對、製謎、行令等等
　　　　情節的描繪，多方面地反映了那個時代封建階級的文化精神生活。
　　　　詩詞吟詠本是這一掌握著文化而又有閒的階級的普遍風氣，而且更
　　　　多的還是男子們的事。因為曹雪芹立意要讓這部以其親身經歷、廣
　　　　見博聞所獲得的豐富生活素材為基礎而重新構思創造出來的小說，

以「閨閣昭傳」的面目出現，所以把他所熟悉的素材重新鍛鑄變形，本來男的可以改為女的，家庭之外、甚至朝廷之上的也不妨移到家庭之內等等，使我們讀去覺得所寫的一切好像只是大觀園兒女們日常生活的趣聞瑣事。其實，通過小說中人物形象、故事情節所曲折反映的現實生活，要比它表面描寫的範圍更為廣闊。

在下文中，蔡義江同志對上述觀點從三個方面進行了闡述：

一、寫寶玉和眾姊妹奉元春之命為大觀園諸景賦詩「可以看作是寫封建時代臣僚們奉皇帝之命而作應制詩的情景的一種假託」；

二、大觀園女兒們結社做詩的種種情況「與當時宗室文人、旗人子弟互相吟詠唱酬的活動十分相似」，「小說中寫到品評詩的高下，論作詩『三昧』以及談讀古詩的心得體會等等，……與其說小說是為『閨閣昭傳』，毋寧說是為文人寫照」；

三、大觀園女兒們的詩詞中有些完全不似女子口吻，雖可以看作「為文造情」，但「看作是作者有意藉此類兒女吟哦的情節，同時曲折地摹寫當時儒林風貌的某些方面」則「更為合適」。

從以上引述看，蔡義江同志雖然說的是詩詞吟詠「更多的」而不是「完全」是男子們的事，但沒有隻字及於婦女，卻因婦女從事文學創作的遠比男性為少，正如蔡文所說：「更多的還是男子們的事。」但「少」只是相對而言，更非「沒有」。從先秦以迄明末，見諸記載的女詩人約有數百，其中還有蔡琰、李清照這樣輝耀文壇的巨星。這說明婦女文學創造的才能並沒有完全為封建枷鎖所桎梏。而到了清代，婦女文學就出現了更加繁榮的景象。無論數量之多或活動之盛，都是前所未有的。這種繁榮肇端於明末，清初形成了一個高潮，乾隆年間趨於鼎盛，並綿延整個有清一代。造成這種繁榮的原因及其思想藝術的成就不屬本文論述範圍，姑置不論，但繁榮的事實則無可否認。耳聞目睹這種繁榮現象的曹雪芹要在作品中塑造這類藝術形象，實在有取之不盡的源泉。

我們首先從數量看。由於目前對清詩的研究還不夠深入，清代婦女詩人的確切數字還難於表述。但僅就現在所知的狀況也能說明一定問題。民初施淑儀編《清代閨閣詩人徵略》著錄一千二百六十餘家，因為只錄有姓字籍里及行狀可考的作者，所以數字有限，然而已經很可觀了。解放初期胡文楷編《歷代婦女著作考》收女作家三千餘人（絕大部分是詩詞作者），則可算得是

洋洋大觀，這數量即使放在龐大的整個清詩作者隊伍中，也是不可忽視的。然而這也還不是完備的，因為此書只收有集行世的作者，還有相當多甚至可以說更多的作者是沒有刻過專集甚至沒有一篇作品傳世的。《紅樓夢》四十八回寶玉說他寫了幾首姐妹的詩給外頭的相公們瞧，他們都真心歡服，抄了刻去了。黛玉、探春聽說都道：「你真真胡鬧！且別說那不成詩，便是成詩，我們的筆墨也不該傳到外頭去。」這是在寫實。清代能詩的婦女雖多，但因為受男尊女卑思想影響和封建禮教束縛至深，大多不理解自己才華的價值，僅以詩詞為盤飧和針黹之餘事，故隨寫隨棄或有意焚毀。如著名詩人查慎行之母鍾韞有《長繡樓詩集》若干卷，但「自以風雅流傳非女士所尚，悉焚棄之」。她留傳下來的六十餘首詩是查慎行默記追錄下來的。類似情況還有很多。所以僅僅上述數字還不足以說明清代婦女詩詞吟詠的盛況。

關於清代婦女詩詞吟詠活動的實際情形，有關史料很多，一時難於備述。這裡僅比照《紅樓夢》中的一些描述，結合蔡文提及的一些方面，提供些點滴的情況：

先談談家庭吟詠活動的情形。閨閣吟詠當然主要是在家庭範圍之內進行的，正像《紅樓夢》中是在賈府的大觀園內進行一樣。明末以來，由於理學家們提倡婦女「知書識禮」，中上層階級家庭婦女識字的多了起來。她們在讀完「女四書」之類禮教教育的教材之後，也逐漸涉獵古文詩詞，進而在父兄或丈夫的鼓勵和幫助下學著吟哦起來。於是閨閣中或上行下效、或互相授受，形成了許多所謂「一門風雅」的家庭，在社會上傳為美談，從而相互倣效，蔚成風氣。明末吳江葉紹袁一家便是突出的例子。清初一個著名的詩歌之家是商景蘭的家庭。商景蘭是明末死難名臣祁彪佳的夫人。她自己是詩人，祁彪佳殉難後，她撫育著並且以自己的文學素養陶冶著二子二媳四女，因此「玉樹金閨無不能詠」。人們是這樣記載她們家庭吟詠的盛況的：「每暇日登臨，則令媳女輩載筆床硯匣以隨，角韻分題，一時傳為盛事。」（阮元《兩浙輶軒錄》）「葡萄之樹，芍藥之花，題詠幾遍，經梅市者，望若十二瑤臺焉。」（朱彝尊《靜志居詩話》）這種情景和大觀園的吟詠活動是頗為相似的。此後一、二百年間，母女、姐妹、婆媳，以至一家幾代婦女能詩的比比皆是。與曹雪芹先後不遠或同時的就有不少著名的一門能詩的家庭。如福建著名詩人鄭方坤九個女兒，除了一個詩作無考之外，其餘都有詩傳世，九女冰紈十歲《詠桃花》詩就有「施粉施朱紛作態，乍晴乍雨為誰開」的佳句。方坤曾編家中平日

花萼酬唱之作為《垂露齋聯吟集》，人稱「自古至今一家閨門中詩事之盛無有及此者」。歸安葉佩蓀的夫人、繼室及幾個女兒曾被袁枚稱作「詩壇飛將」。生年幾乎與曹雪芹一致的袁枚，不僅以收女弟子名揚海內，他的幾個妹妹也都能詩，他的三妹袁機，即著名的《祭妹文》中悼念的素文，其命運之悲慘與迎春就有相似之處。當然這並不是說曹雪芹知道並運用了袁氏姐妹的情況為素材，而只是說明曹雪芹朔造的婦女形象是具有其真實性和典型性的。

集結詩社在清代閨中也是很流行的，絕不只是宗室文人、旗人子弟才有的活動。據《餘姚縣志》載，黃宗羲的夫人葉寶林「少通經史，有詩二峽，清新雅麗，時越中閨秀有以詩結社者，葉聞之蹙然曰：『此傷風敗俗之尤也。』即取己稿焚之」。可見婦女結社之風清初就有。康熙中，錢塘出了一個著名的「蕉園詩社」，社中幾個著名的女詩人柴靜儀、朱柔則，馮又令、錢雲儀、林以寧、顧啟姬、張雲槎、毛安芳等被稱作「蕉園五子」和「蕉園七子」。清中葉吳中還有一個「清溪吟社」，社中的女詩人被稱作「吳中十子」，可見其社會影響也是很大的。《杭郡詩輯》描繪過蕉園詩人們的活動情況：

> 是時武林風俗繁侈，值春和景明，畫船繡幕，交映湖滑，爭飾明璫翠羽珠髻蟬縠以相誇炫。季嫻獨漾小艇，偕馮又令、錢雲儀、林亞清、顧啟姬諸大家練裙椎髻授管分箋。鄰舟游女望見，輒俯首徘徊，自愧不及。〔註1〕

這樣的風流高格調簡直可稱追步大明湖秋柳詩會的名士了。我們想，曹雪芹不是也可以將這類素材從錢塘兩湖移到北京的大觀園嗎？蔡義江同志說：「把這些生活素材（指宗室文人、旗人子弟相聚聯句之風）移到小說中去，是不妨改芹圃、松堂、荇莊等真實名號為黛玉、湘雲、寶釵之類芳諱的」固無不可，那假如說黛玉、湘雲、寶釵等人物的名號正是季嫻、又令、雲儀等芳諱所改，則不是更為相宜嗎？當然，曹雪芹是不可能認識，甚至可能不知道蕉園詩人的。我們是在研究文學創作，當然不必這樣去尋根究底。

婦女作應制詩則更是古已有之。武則天時的上官婉兒，中唐的宋氏五女都作過大量應制詩。清代婦女作應制詩的記載雖不多，但也是有的。據《正始續集》載：

> 宋素梅，山東德州人。乾隆十六年聖駕南巡，素梅年甫十二，

〔註1〕施淑儀《清代閨閣詩人徵略》卷二「柴靜儀」，見周駿富輯《清代傳記叢刊·學林類34》，明文書局1985年印行，第133頁。

迎鑾獻詩，召入內帳，又面試一律，賞賜甚厚。〔註2〕

她的《迎鑾》和《應詔作》兩詩都為徐世昌選入了《晚晴簃詩匯》。這不見得是清代絕無僅有的事吧？至少可以說應制詩決不僅是只有臣僚們在朝廷之上才可作的。我們是不是還可以設想：康熙南巡駐蹕江寧織造署，或者曹家確有皇妃或王妃回娘家，也有可能令曹家能詩的女兒（如果有的話）作詩呢？

「海棠詩社」、「桃花詩社」的詩翁們於詩成之後便互相品評一番，什麼瀟湘妃子的「風流別致」呀，蘅蕪君的「含蓄渾厚」呀，枕霞舊友的「情致嫵媚」呀等等。平時在一起也喜歡高談闊論，褒貶古人，什麼「杜工部之沉鬱、韋蘇州之淡雅」，「溫八叉之綺靡、李義山之隱僻」不一而足。黛玉、香菱論詩，也的確在那裡大談其「作詩三昧」。歷來就有人說這是曹雪芹的詩歌理論。這種看法不無道理，因為它是表達了曹雪芹對詩歌的一些意見。但如果認為這是曹雪芹脫離了人物性格，在小說中借人物之口說自己的「詩話」，那就錯了，如果進而認為曹雪芹是脫離了生活的真實在拔高人物──「婦女哪有這樣淵博的學識，這樣精湛的見解呢？這是將婦女拔高到男人的高度去了」，那也是不對的。這恐怕還是以為婦女「有才易而有識難」的傳統偏見作怪。其實讀了古人的詩，又學會了作詩的人，或多或少都會發表一些議論，這並不是什麼高不可攀的事，何獨於婦女就大驚小怪起來呢？李清照的詞論早就自成一家言，她還大膽地批評過文壇巨擘蘇東坡。這或者是鳳毛麟角，且不去說它。就說清代，只要讀過清代女詩人們的作品，就可以發現，生活在學術空氣濃厚的清代的婦女中，有許多人是書讀得很博，並且是很有見識的。她們完全有能力發表自己關於詩歌的見解。葉佩蓀的繼室李含章就寫過好幾首談古詩心得體會的詩。她的一篇《論詩》五言古，可說是「性靈說」詩歌理論的形象說明，原詩較長，這裡引它的一段：

> 好詩如佳人，嫣然媚幽獨。鉛華屏不御，葆此無瑕玉。巧笑流
> 瑳那，蛾眉騰曼綠。一顧失傾城，何必炫奇服。又如聞好鳥，應節
> 喧百族。引吭揚天和，喁于叶絃樂。春花倉庚歌，夜月杜鵑哭，微
> 物詎有知，聽者感哀曲。〔註3〕

略晚於曹雪芹的女詩人汪端在她編選的《明十三家詩選》中，對明三百年的詩歌源流，是非得失，發表了系統的見解，茲錄其論樂府的一節，以見一斑：

〔註2〕惲珠編《國朝閨秀正始續集》卷一「宋素梅」，道光辛卯鐫。
〔註3〕徐世昌《晚晴簃詩匯》卷一百八十五「李含章」，民國退耕堂刻本。

　　　　樂府之體，語近情深，含蓄微婉，不必模範漢魏而始謂之復古
也。就明代論之，劉文成鬱伊善感，欷歔欲絕，《離騷》之苗裔也；
高青邱清華朗潤，秀骨天成，唐人之勝境也。何大復源於漢魏開寶而
能自抒妙緒；徐昌穀六朝風度，嫻雅絕倫；謝茂秦小樂府最為擅場，
閨情邊塞不減王少伯、李君虞之作。凡此數家，自當為樂府正宗。而
李西涯之詠史，王鳳洲之敘事，陸桴亭之激揚忠孝，則皆變體之正也。
　　　　若李滄溟摶撦剽擬，詞義艱晦，竹垞斥為妄人也固宜。〔註4〕

這樣的見識和氣魄都是非凡的。婦女選詩的還有清初的王端淑，選有《名媛
詩緯》；清中葉的惲珠，選有《國朝正始集》等。她們在遴選詩篇的過程中，
自然也有著自己的標準和見解。此後還有沈善寶等寫作詩話，則更是專門的
詩歌理論和評論了。她們的認識水平如何，價值如何，另當別論，至少可以
說明閨閣中能談「作詩三昧」的實是大有人在。

　　婦女既會讀詩、寫詩、談詩、選詩，那題額、擬對、製謎、行令當然不在
話下，這裡就不再一一搜索事例加以論證了。至於蔡文說湘雲、探春等的詩
中有些不似閨房千金行徑的描寫和不似女郎詩的口吻，應看作是摹寫儒林風
貌。我看這也似乎有些穿鑿。蔡義江同志自己也說：「閒吟風月，總要有點『為
文造情』，也未必都要說自己的。」更何況湘雲和探春正是大觀園女兒中頗有
些男子氣概的女性呢。這類詩句出自他們的筆底，不恰好是蔡義江同志在下
文中論證的「按頭製帽，詩即其人」的最好證據嗎？蔡文在否定詩可以「為
文造情」而作出「如果看作是作者有意藉此類兒女吟哦的情節，同時曲折地
摹寫當時儒林風貌的某些方面，不是更為合適嗎」的結論時，沒有說出什麼
理由，也沒有擺脫與後文的自相矛盾。本文於此就不擬多所論述了。

　　那麼，是不是曹雪芹不瞭解、不熟悉當代婦女詩詞吟詠的情況呢？我以
為這是不可能的。對於這種在清代社會中已是廣泛存在的社會現象，曹雪芹
不僅應該是「廣見博聞」的，而且很可能是「親身經歷」的。現在所知的清代
婦女詩人，三分之二以上出自江浙兩省。曹家三代居江寧達數十年，曹寅本
人又是詩人，能不受彌漫江南上流社會的這種風習的感染嗎？曹寅在江南結
交的文壇朋友，不少是與婦女文學有密切關係的。葉燮是葉紹袁之子，正出
身於明末那個著名的閨閣詩人之家。周汝昌先生已經指出過這個家庭對《紅

〔註4〕施淑儀《清代閨閣詩人徵略》卷八，見周駿富輯《清代傳記叢刊‧學林類34》，
　　　　明文書局1985年印行，第436頁～437頁。

樓夢》創作的直接影響。毛西河與商景蘭一家關係密切，還曾編過《浙江閨秀詩》。陳維崧著有《婦人集》，趙執信之女趙慈是頗有名氣的詩人。王漁洋更是多方面倡導過婦女文學的。曹寅在與他們的交往中能不受影響嗎？我們完全有理由推測，曹家的女兒一定有能詩的。這樣說好像很武斷，因為我們還沒有掌握什麼史料足資證明。但曹家男人的情況我們所知尚且不多，何況婦女！我們既然能根據曹雪芹在江寧織造府生活過十多年來推測賈府生活的描寫是以他這段經歷為基礎的，為什麼不能據此推斷大觀園女兒吟詠活動的描寫，也是以這段生活經歷為基礎的呢？何況曹雪芹自己說過：「閨閣中歷歷有人。」「當日所有之女子，一一細考較去，覺其行止見識皆出我之上。」這種使曹雪芹自愧不如的「行止見識」，難道就不包括她們的文學才華嗎？

　　總之，我以為《紅樓夢》中大觀園女兒詩詞吟詠活動的描寫，是以清代婦女生活為基本素材的。這樣提出問題，又不僅僅是為了探討說明作品素材的來源，而且是為了說明《紅樓夢》主題思想的形成及其意義。

　　「為閨閣昭傳」是作者宣言的創作目的。雖然作品的實際內容和思想意義遠遠地超出了這個範圍，但應該承認，寫出封建社會中眾多青年女性的悲劇命運，是《紅樓夢》主題的重要組成部分。以婦女悲劇命運為題材的作品代代多有，但從來沒有像曹雪芹寫得這樣深刻。他不僅寫出了婦女社會地位的卑微，婚姻的不幸，而且寫出了他們的聰明智慧、文學才華的被摧殘，從而更充分地暴露出封建社會制度的罪惡。有關大觀園女兒詩詞吟詠活動的描寫，不只是反映了時代精神、文化生活的風貌，不只是故事情節發展的有機組成部分，也不只是作者在傷時罵世，借題發揮，甚至也不只是塑造人物的一種手段，當然更不是在逞作者的才情，這些描寫主要是為了表現出這些女性的高度才華，並從而進一步表現這種才華被毀滅的悲劇性。作品的這種思想是怎樣產生的呢？是作者先「立意」要使小說「以『閨閣昭傳』的面目出現」才將自己所熟悉的素材「鍛鑄變形」而創造出來的嗎？不是。它是從現實生活中直接提煉出來的。這種現實生活儘管自古以來就有，清代更是廣泛的存在，但只有曹雪芹才認識了它，理解了它，並且在文學作品中充分地表現了它。這正是曹雪芹之所以偉大的一個重要方面。

原載《紅樓夢學刊》1985 年第 4 輯

附：答姚品文同志　蔡義江〔註1〕

余謂曹雪芹寫閨閣，亦綴合文人事。姚品文同志疑其非，以為女兒形象必照女兒摹寫。因作二絕以析之。

> 變幻傳人未足奇，瀟湘口鼻越中眉。休將太史神龍筆，認作風
> 塵閨秀詞。

魯迅小說中人物形象，多經拼湊變形，所謂「往往嘴在浙江，臉在北京，衣服在山西」是也。運用素材，塑造典型，地域之東西既可牽合，性別之男女自不妨移用。《紅樓》如太史公史筆，神龍夭矯莫測；志在以假存真，實錄世情。其開卷即云：「賈雨村風塵懷閨秀。」則知「閨閣昭傳」云云，假語存焉。

> 一劇悲歡自序時，曾言我是蔡文姬。此中妙諦能參透，便識奇
> 男作女兒。

郭沫若《蔡文姬》自序云：「蔡文姬就是我，——是照著我寫的。」

一九八五年十月貴陽全國紅樓夢學術討論會席上

原載《紅樓夢學刊》1986年第1輯

〔註1〕蔡義江，曾任紅樓夢學會副會長。

寶黛愛情屬於未來

一

寶黛之愛不容於世而以悲劇結局，這是封建制度的罪惡，這一點已是眾口一辭。但是在封建制度被推翻已一個世紀，紅學研究者對寶黛愛情讚譽備至的今天，居然還有一些年青人對寶黛愛情並不欣賞。他們和一些清朝的人一樣，也說：「娶妻當如薛寶釵。」不信，可以參考發表在 1995 年《名作欣賞》上趙景瑜先生的《問卷啟示錄》，大學男生中 45 人中有 25 人這樣回答，占 55.55%。我也問過自己的學生，這個比例更高。一百多年以後的現代人都要對賈母的決定投贊成票，是不是有點匪夷所思？

《紅樓夢》是文學作品，不是「擇偶指南」，應該對其採取審美態度。但這種實用也可以是審美態度的另一種視角，「說到趣味無爭辯」嘛！從擇偶角度看不能不說今天的年青人自有他們的道理。我們對寶黛之愛的同情，恐怕就只能剩下「自由民主權利是神聖的」這一條了。可是恰恰在這一點上，寶玉、黛玉在這一點上很不爭氣。他們與兩千年之前的卓文君、司馬相如相比，相距千里之遙。與唐朝的張生、鶯鶯也不能相提並論。黛玉在絕望的期待中耗盡了自己的血淚，寶玉則在近乎稚氣的盲目樂觀中走向毀滅，誰都沒有為愛情理想的實現，從語言到行動作出哪怕稍微一點真正的挑戰。他們都在等待著決策者的恩賜。從爭取婚姻自主的勇氣來說，比之於他們的前輩，是大大的倒退了。

那麼我們何所取於《紅樓夢》呢？寶黛愛情是《紅樓夢》這座文學殿堂的重要支柱。如果它是無力的，這座文學殿堂能夠支撐得住嗎？

然而我們換一個角度看，寶黛愛情是無愧於《紅樓夢》大廈的頂梁之柱的。或者可以把它比作這座殿宇的「寶頂」：金光燦燦，光芒四射。它是未來之光，理想之光，使得《紅樓夢》站在了中國文學史的一個新的巔峰之上。遠遠地超越了前此的所有言情佳作。因為從愛情自身的品質看，寶黛愛情遠較他們的前輩為優秀。

紅學家馮其庸先生在 1992 年國際紅學討論會上透徹地回答了這個問題。他說：

> 曹雪芹的理想愛情的實現，所需要的時代歷程很長很長，也許再過二個世紀，也許還要更長的時間，……唯其如此，他才是真正偉大的先知和超人，他大大超越了他的時代，和我們的時代，他的愛情理想只能是屬於未來！然而，這是一盞世紀航程的航標和明燈，人們借著這一線光芒的照射，才得以看清自己的前程和未來！

說得非常精闢！曹雪芹筆下的寶黛愛情，不僅不能見容於封建末世，並且也不能為今天的青年廣泛接受。但它絕不是應該被拋棄的醜惡和謬誤，也不是永遠無法實現的烏托邦，不是與現實絕對無緣的非分之想。它將在物質文明和精神文明發展到相當高水平之後的某一社會歷史階段全面實現——當然不是寶黛愛情的全部復現。而是它的精神實質在新的條件下新的表現。並且在這個時代前進的歷史進程中它也會通過人們對《紅樓夢》的審美而影響人們的人生和愛情，使他們與未來相通。紅學家的任務之一，是幫助當代和後來的人們去克服與曹雪芹越來越久遠的時代與文化隔膜，來理解寶黛愛情。

本文想要探討的是，寶黛愛情的品質究竟在哪些方面具有超前性、未來性。

二

前文已經說到。在爭取婚姻自由方面，寶黛都不足以成為楷模，這一愛情的價值在於愛情自身價值的美好。那麼這一愛情品質的美好究竟表現在哪些方面呢？

1. 知己之感

對於這一點，人們說得似乎夠多的了。但我覺得人們多是從思想傾向的一致這一點，肯定了二人的知己之感，而沒有從中國文化傳統中「知己」這一概念去加以評價。在現實生活中，只要男女相戀，或是朋友相交，總有相

互瞭解和一致的方面。如兩個愛享受、慕虛榮的人相知相愛，在他們自己便可以是知己了。但這充其量只能算氣味相投罷了。中國文化觀念中，「知己」是有很高的思想境界的。應該說，只有思想境界很高的人，才會去尋找知己。因為思想境界超越一般世俗之人，故曲高而和寡。一個這樣的人，一生之際是不會多見的。因此有「萬兩黃金容易得，知心一個也難求」、「人生得一知己足矣」等說法流傳。而傳為千古佳話的，也不過伯牙子期、管仲鮑叔等幾個故事吧。「士為知己者死」，是中國知識分子的肺腑之言；《三國演義》真正感人之處，不在其料事如神的指揮，而在於諸葛孔明「鞠躬盡瘁，死而後已」，回報劉備之知遇的人格精神。說到底，「知己」，乃是第二個自我。人們重視「知己」，是對自己崇高人生追求的重視，對自我價值的重視。所以中國傳統文化精神中「知己」的概念不是一個簡單的相互瞭解、相互傾慕而已，而是有深刻的精神內涵的。

寶黛相互視為知己正是建立在很高的人生理想、價值追求基礎之上的。儘管他二人對自己追求的目標還是比較朦朧的，非理性的，但比起世俗，他們純真自然的個性，追求超凡脫俗的精神享受，感性色彩十分鮮明。這種追求本就有反對腐朽的封建社會的直接針對性，對照今天的社會現狀看，也何嘗不是超前的？而他們更在這一基礎上建築愛情，那就更是大大地超越了。卓文君慕司馬相如是因其才，張生愛鶯鶯是慕其色，王瑞蘭與蔣世隆結合於患難相助，而杜麗娘出於自身的青春自覺而得到柳夢梅。等而下之的還有其他才子佳人作品。雖然它們都具有不可磨滅的價值，但都還談不上是時代高度上的人生理想、價值追求基礎上建立的愛情。當人們所爭取的人權還只是生存權、發展權的時候，那更高一級的超凡脫俗的精神享受只能屬於未來了。

2. 唯情心態

我不用「唯情主義」這個詞，因為「主義」是自覺的，而寶黛之愛並非自覺。他們的「唯情」只是一種自然心態。

在過去的愛情作品中，人們追求的最高綱領是「願天下有情人都成眷屬」
——也就是結婚。不是有人說黛玉是患了「愛情恐懼症」，她有的只是「婚姻期待」嗎？她成天為沒有父母做主，與寶玉的婚姻陷於絕望而悲哀；而寶玉也只是盲目樂觀，幻想那紅蓋頭下面就是林妹妹的好夢成真。可是他們想過，結婚以後怎樣承擔家庭重擔，怎樣生兒育女，操心柴米油鹽吃喝拉撒嗎？絕對沒有。有人曾經設想他們的生活方式，大約就是天天看書作詩，下棋彈琴，

徜徉優游在藝術天地裏。一旦生活發生挫折，黛玉會跟在寶玉後面沿街乞討，「寒冬噎酸虀，雪夜圍破氈」嗎？縱然是可能，那他們的生活內容也早已變質，哪裏還可能是《紅樓夢》裏那樣優雅的情調呢？魯迅先生早在《傷逝》中告訴我們，無論怎樣美好的愛情，都是要有所附麗的。那就是一定的物質生活作基礎。尤其是他們結為婚姻，成立了一個家庭之後。

戀愛和婚姻既有所聯繫也有所區別。戀愛是個人的感情行為，是可以隨意的──愛與不愛，不能勉強；而婚姻是社會行為，是有客觀約束力的。大多數人的美好願望是二者取得一致。以婚姻為出發點的結合有愛情基礎。可是在現實的社會裏，二者矛盾是多數。一旦發生矛盾時，一定是婚姻勝利。而寶黛則是另一種。他們主觀上是從愛情出發經過婚姻，又要以愛情為歸宿的。他們所期待的婚姻不是作為社會責任的婚姻，它與宗法制度下家庭利益規定下的婚姻南轅北轍，自然被扼殺。而在家庭擔當的職責還相當重要的今天，往往情感糾葛、家庭破裂，並呈現出強烈的悲劇性，說明人們仍然不能唯情主義地對待愛情和婚姻。究竟哪一天這一距離能夠縮短到零，很難預期。但以愛情為出發點又以愛情為歸宿，且並不與責任發生衝突的這一天終將到來。在這一歷史進程中，寶黛愛情的唯情心態，將越來越被人們理解、欣賞。期待和獲得。

3. 靈肉分離

曹雪芹是將寶黛的情愛與性愛分離的。他們的愛情被寫得十分清純。寶玉和襲人才有「警幻所訓之事」。而與黛玉哪怕是並枕而眠，也是昵而不褻，如「意綿綿靜日玉生香」中所描寫的那樣。有人說，曹雪芹是從《西廂記》、《牡丹亭》的高度上倒退了。對於曹雪芹的性觀念是否倒退，應該從《紅樓夢》全書去觀察，本文不涉及。但在寶黛愛情上將情和欲分開，卻是絕對必要和正確的。沒有這一點，寶黛愛情就沒有在崔鶯鶯與張生的水平上再上高峰。可說就沒有了具有更高美學價值的《紅樓夢》。

曹雪芹的時代，是有性而無情的時代。婚姻制度維護著合法的性，娼妓制度開放著婚外的性。封建特權和社會習俗也容忍了許多非情、非禮、非法的性。社會上這種走向糜爛的性愈來愈泛濫，卻唯獨不對真正的愛情開一面之網。曹雪芹寫的寶黛愛情如果再和性糾纏在一起，如何能完成他社會批判的主題，又如何與《金瓶梅》這樣以暴露為全部手段的小說有所區別呢？

從根本上說，愛與欲是有質的區別的。雖然它們的本原是連在一起的，而愛隨著人類文明的進步愈來愈走上形而上。它們的關係像一條河。性是河床，愛是河床上的流水，水離不開河床。或潺潺而流，或奔騰不息的河水才是真正美麗的風景。「食色性也」。長期思想禁錮方得解脫時，人們對性的合情合理多幾聲吶喊是可以理解的。但一旦「色」與「食」一樣成為最普通最平常的事的時候，人們就會懂得精神和文化的享受才是愛情幸福的無窮源泉。人離開食物無法生存，但吃飽喝足並不是人生最美好的追求。人為生命傳承延續而離不開性，但性的滿足不是男女之間的最美境界。回頭再看《紅樓夢》，便會覺得曹雪芹所寫的愛情，才抓住了愛情的本質和與永恆價值。在封建末世，它免不了被扼殺的命運，在今天它也還免不了被誤解，但總有一天，它會成為人們最普遍的人生體驗！

4. 詩意美感

愛情的幸福感是多種途徑獲得，有無比豐富的內容的。不同文化涵養的人的幸福體驗是不同的。寶黛這樣受過悠久文化傳統薰陶的青年，他們的愛情幸福感一定與詩意和美感相伴隨。

人們說：寶黛幾乎沒有體驗過愛情的幸福，因為它們總是在試探、猜忌中相互折磨，尤其是黛玉，終日以淚洗面，沒有歡樂。雖然這也是事實，但說他們從來沒有過歡樂也不對。他們的心多在文學作品中相會。他們有過一起葬花、寫《葬花詞》的哀傷，有一起讀《西廂記》的愉快。大觀園中的那些群體活動，尤其是詩會，何嘗不是他們戀愛最歡樂的時候呢！大家一起作詩，他二人彼此欣賞，心照不宣，也體驗到別人所沒有的快樂。元春省親時，黛玉幫寶玉作詩；賈政回府要檢查寶玉的作業，黛玉幫他用蠅頭小楷細細抄寫；每次賽詩，寶玉都要為黛玉的詩爭名次，這些天真無邪的小事，不都是帶著深深的愛嗎？愛憐之心在這些活動中無形交流，也會體驗到幸福，不必都在耳鬢廝磨間。

他們的確沒有當面說過「我愛你」之類的話。只在「訴肺腑心迷活寶玉」中寶玉說了一句：「睡裏夢裏也忘不了你！」黛玉還沒有聽見。但他們都知道對方的心。這不只是因為環境壓迫，也因為他們在這種含蓄中體驗到只有心靈感應才能獲得的幸福感。中國傳統的審美觀重含蓄而不重直露。提倡「意在言外」，「言有盡而意無窮」。寶黛也在這種境界中享受愛情。那一次寶玉讓晴雯送舊帕時，晴雯不理解，說要送就送好的，送舊的幹什麼？寶玉說：不

要緊，她知道的。黛玉見了手帕，理解到其中傳達的愛的信息，在心跳耳熱中寫下了那幾首詩。儘管他們從此再沒有提起這件事，但它卻藏在了二人心底。詩帕伴隨黛玉一直到死。

還有寶玉兩次因《西廂》曲文惹惱黛玉的故事，許多人都以為這是黛玉的矯情、小性兒，明明願寶玉以鶯鶯待之，卻要又哭又鬧，這實在是對黛玉對愛情的態度知之不深。黛玉把愛情看得十分純潔而美好，只能用含蓄而充滿詩意的方式來表達，而寶玉卻輕佻地用了「淫詞豔曲」，這是黛玉決不能接受的。它褻瀆了她對愛情的詩意美感，所以是不能認作矯情和小性兒的。

隨著人們文化素質的提高，人們一定會使愛情的低俗氣息越來越少，讓詩意和美感將它推上更高的層次。

寶黛愛情屬於未來。但願它的光芒也能照耀人們的生活道路和愛情生活，使它帶上一些浪漫氣息。沒有浪漫的愛情也不是美好的愛情，沒有浪漫的人生不是美好的人生。

原為海南省瓊州大學講座稿，1995 年

論羅貫中趙雲形象的創造

　　羅貫中的《三國演義》是歷史小說，但它居然在讀者中產生這樣認知的和審美的效應：三國爭雄，正義在蜀漢；三國優秀人物，亦盡在蜀漢；蜀亡魏興，是歷史的錯誤。這不能不說是作者政治理想和道德審美觀念向蜀漢傾斜的結果。即以武將而言，羅貫中也寫了魏吳陣營中俊傑紛呈、猛將如雲，卻沒有一個堪稱高大、完整、真正感人的英雄人物。蜀漢大將數量遠不如曹魏，一流的不過關、張、趙、馬、黃，還有魏延約略相埒，但作者將他們寫得血肉豐滿，神采飛動；個個來歷不同，性格迥異，都構成獨特的人物典型，並成一個相互補充相得益彰的群體。這組群像，既是作者審美創造的輝煌表現，又是作者政治和道德理想的完美實現。從這些人物形象上，我們可以瞭解到，羅貫中心目中的武將要具備英雄的品格，除了高強的作戰本領之外，尤其要有高尚的道德品質。蜀漢陣營中那些感人的大將形象，無不是以其道德力量，顯示出其英雄內質的崇高美，這種崇高美，正是作者理想的閃光。當然，這並不意味著這些英雄都是同等的完美高大，他們是從不同方面，不同層次來實現作者理想的，在「五虎將」中，作者全力推崇的是關羽、張飛，而能夠與關、張並列的，只有趙雲。關、張功勳蓋世，義貫長虹，是十分高大的英雄形象，那趙雲又是怎樣一個藝術形象呢？趙云是怎樣被創造出來的呢？作者何以要在關、張之外，又著力塑造出一個趙雲呢？這便是本文將要討論的問題。

　　《三國演義》中趙云是個怎樣的人物？我們認為，他是蜀將中唯一集才、識、德於一身的英雄，是體現作者羅貫中良將理想的一個典型。

　　趙雲的「才」，首先當然指他的武功和作戰能力。他的槍法得到的是這樣詩情畫意的讚美：「渾身上下，若舞梨花；遍體紛紛，如飄瑞雪。」（七十一

回）與關公的青龍偃月刀、張飛的丈八蛇矛有同樣的聲譽。在實戰方面，除責任全不在他的箕谷之戰的失敗外，他算得「常勝將軍」。然而作者對趙雲的「才」的讚美，更在於他的智慧，即勇中有謀。諸葛亮要用奇計，往往用趙雲。身入虎穴，欲保無虞，亦須用趙雲。劉備東吳招親，挫敗周瑜陰謀，發生使東吳「陪了夫人又折兵」的喜劇效果，固是出於孔明的錦囊妙計，也與趙雲身不離左右，正確的臨場發揮分不開。從才智方面看，趙雲形象是帶著較明顯的民間審美趣味的影響的。《三國演義》畢竟是說話藝術的產物。但從更多的方面看，趙雲形象的豐富內涵，卻遠非民間英雄形象所能具備，那便是他的「識」與「德」。

「識」，即政治上的遠見卓識，這方面古人已有定評。援引如下：「客問：子龍，先主稱『子龍一身都是膽』，全以膽勝乎？答曰：『還是識勝，非膽勝也。蓋膽從識生。無識而有膽，妄耳狂耳，非膽也。』」他接著引述了趙雲拒趙范寡嫂、入益州反對以房舍園田分賜功臣及諫劉備伐吳諸事，最後說：「此皆卓識，非尋常將軍所能及也。」〔註1〕

趙雲攻下桂陽，投降的太守趙範欲以美麗的寡嫂嫁趙雲，遭到趙雲拒絕，後之論者多突出趙雲的守禮，其實他提出「趙范初降，其心難測」，「主公新定江漢，枕席未安，雲安敢以一婦人而廢主公之大事？」實是出於清醒的政治意識。劉備攻入益州後，欲以城外園田房舍分賜功臣，這實在是歷代得天下者最容易犯的一大錯誤。出面反對這一錯誤做法的不是那些施政畫策和拾遺補闕的文臣，也不出自和劉備關係最親暱，可以直言無忌的關、張，而出自趙雲。劉備失卻理智，欲傾蜀之力伐吳為關羽復仇，此時率先而出，以批逆鱗的姿態進諫言的也是趙雲，諸葛亮、秦宓之諫並在其後。兩番說辭，均力陳立國大義，尖銳透闢。其深刻卓越的政治見解和直言敢諫的作風，都表現出趙雲具有政治家的素質，這種素質不僅在民間說話基礎上產生的中國古典小說中那些將領身上所缺乏，也是《三國演義》所有將領形象中絕無僅有的。

「德」是趙雲英雄品格的核心，也是作者刻畫趙雲筆墨最著力處。

《三國演義》對蜀國的幾員大將是如何加入這個陣營的都寫得很清楚，因為這的確是關鍵，不僅一個人的靈魂深處往往於此刻大曝光，而且也往往決定了他以後與這個集團的關係性質如何。蜀國的大將不同的來歷，表明他

〔註1〕明無名氏《讀三國史答問》，見朱一玄、劉毓忱編《三國演義資料彙編》，百花文藝出版社1983年版，第279頁。

們道德的不同性質和層次。同樣是降將，魏延、馬超、黃忠卻得到不同的評價和對待，魏延主動投降，被說成「食其祿而殺其主，是不忠也；居其土而獻其地，是不義也」。所以儘管他後來在蜀戰績卓著，卻始終不被信任，最後叛蜀投魏，成了反面人物。魏延受到的待遇或者有失公正，但至少他的降蜀被看成是一種缺乏政治理想和道德原則的投機行為不是沒有道理的。馬超「四海難容，一身無主」，雖是曹操所迫，也是自身不仁不智所致。他的降蜀受到禮遇，是策略的需要，主要的還是他與曹操誓不兩立，大節無虧，所以便有雲長的不服與孔明對他「雖雄烈過人，亦乃黥布、彭越之徒耳；當與翼德並驅爭先，猶未及美髯公之絕倫超群也」的評價。黃忠之降，作者先寫他在戰場不射關公，知恩重義，又寫韓玄對他的缺少仁義，表明他降蜀事出有因，後又寫玄德親自相請，以表現他的自愛自重，所以他的投降不僅情有可原，而且很有光采，他後來便成為蜀營中一名以老當益壯贏得人們敬愛的老將。

關、張自起事之日就追隨劉備，而且義結金蘭，誓同生死，不僅與降將不可同日而語，而且這種「義」在封建社會裏確係有很高價值的美德，劉備事業的成功，與關、張的忠誠有著直接的關係。關雲長封金掛印，千里單騎與古城之會等，都是「義」的讚歌，在一些民間色彩很濃的文學作品中，這種「義」是被無保留地讚頌的。但《三國演義》卻通過劉備伐吳一事指出了它的巨大危害性，表現作者具有更高層次的道德理想，而趙雲加入蜀漢事業的過程及其與劉備的關係，正是這種更高層次的道德理想的體現。

趙雲原是袁紹轄下之人，因見袁紹「無忠君救民之心」，故棄袁紹投公孫瓚，劉備初見趙雲，「便有不捨之心」，但當時趙雲對公孫瓚還存有希望，沒有見異思遷，後來公孫瓚兵敗自焚，趙雲認為他是不聽人言，自取滅亡。這時袁紹再招他，他仍以袁「不是用人之人」未往，經過一段四海飄零的生活後，在古城遇到他追尋已久的劉備。他表示：「雲奔走四方，擇主而事，未有如使君者。今得相隨，大稱平生，雖肝腦塗地，無恨矣。」他與劉備君臣關係的建立，既不帶有投降的被迫性，也不帶有結義的盲目性，而是對正義事業和「仁君」、「明主」理想的主動追求，如此，趙雲一生忠勇的業績，也就不只是為了劉備個人和蜀漢集團，而是對一種進步的政治理想的獻身，這又是遠遠地高出諸將之上的。這正是作者在《三國演義》全書中表達的一種儒家的「民本」思想和「君擇臣、臣亦擇君」這種開明的君臣關係理想的一個重要體現。

　　趙雲與劉備的關係中也有個人感情因素，長阪救主趙雲舍生忘死浴血奮戰，其初也是克盡職守，為保護蜀國帝業的繼承人，其勇武與忠誠可歌可泣。但真正感人之處，卻在於劉備在謠諑紛紜中堅信「子龍從我於患難，心如鐵石，非富貴所能動搖」，表現了一種摯友式的理解與信任。而「劉備摔孩子」——即便是有點誇張也罷（「刁買人心」非羅貫中初衷），他對於一位大將的愛重之情是真誠的、可信的。所以趙云「肝腦塗地，不能報也」的回答，表明他們君臣關係中又融注了「士為知己者死」的高尚情操。《三國演義》全寫政治鬥爭與戰爭的場面，很少寫人情世態；用墨則大筆揮灑、傳神寫意，很少對一般動作作細節描繪。而在這段中對趙雲解開懷抱，阿斗在懷內酣睡，趙雲之遞阿斗，玄德之擲阿斗，趙雲又忙抱起阿斗等動作作了細膩入微和充滿了人情味的描繪。加上二人擲地有聲的對話，幾可摧人淚下，這種描寫即便是在劉關張三人之間也是沒有的。

　　趙雲個人性格修養方面的特點是謙和平易，與關羽的剛傲、張飛的粗豪適成對比。他往往是不動聲色地接受軍令而去，然後不折不扣地完成軍令而歸，與諸葛亮配合默契。他也一樣積極爭取任務，如五十二回關於取桂陽的一段描寫：

> （玄德）問眾將曰：「零陵已取了，桂陽郡何人敢取？」趙雲應曰：「某願往。」張飛奮然出曰：『飛亦願往！』二人相爭。孔明曰：「終是子龍先應，只教子龍去。」張飛不服，定要去取。孔明教拈鬮，拈著的便去。又是子龍拈著。張飛怒曰：「我並不要人相幫，只獨領三千軍去，穩取城池。」趙雲曰：「某也只領三千軍去。如不得城，願受軍令。」孔明大喜，責了軍令狀，選三千精兵付趙雲去。
> 張飛不服，玄德喝退。

同樣是奮勇爭先，張飛熱情奔放，趙雲冷靜執著。米倉山奪糧戰鬥，他和黃忠爭奪任務，黃忠拈鬮奪得，趙雲便主動積極配合，最後救了黃忠。趙雲的這種涵養與君子風度，也是武將之中出類拔萃的。

　　總之，以美學眼光審視，如說關羽、張飛是高大的英雄形象，那趙雲的形象不僅高大，而且完美。進一步說，趙雲身上表現的不僅是一個完美的英雄，而且是一種偉大的人格；它不只是作者藝術上追求的目標，而且是他哲學上追求的一種境界。關、張形象帶著鮮明的民間色彩，情感流溢，趙雲卻更多地顯現出封建社會知識分子理性的特質。

《三國演義》是在陳壽《三國志》及裴松之注的基礎上吸取民間傳說、話本和戲曲的成就加工創作的。比較素材與作品之間的種種傳承和變異，是對作家作品理解的一把鑰匙。筆者即試圖借助這把鑰匙，對趙雲這一形象是怎樣創造出來的這個問題作一點探討。

先談談說話與戲曲方面的情況。因為民間傳說也大都保存在其中。

宋元「說三分」一家留傳下來的只有一部《三國志平話》了。我們只得據此來進行考察，好在二者的關係也是密切的。《平話》上卷可以說是以張飛為主角的。桃園結義的發起人是張飛，投燕主招兵起事的倡導者也是張飛，以後頻頻出場，破黃巾，鞭督郵，戰呂布等，無不是以他為主角。從卷中開始，關羽也有了相當的表現。他與曹操的一段糾葛，從張遼說降開始，其間刺顏良、文醜，曹操贈袍，斬蔡陽至古城會，雖然簡約，但相當完整。下卷單刀會，斬龐德，水淹七軍等也粗具規模。趙雲至卷中書之近半方才出場，除「抱太子」、「拒趙範」外，無突出表現。後來《三國演義》中趙雲起了重大作用的幾件大事，《平話》中都不同。劉備東吳招親，並無趙雲隨行；截江救主的只有張飛一人。取桂郡、戰箕谷、劉備攻東吳進諫等，或未有其事，或與趙雲無干。

元及元明間雜劇中的三國戲〔註2〕，在歷史劇中不僅數量多，而且相互照應，差不多成了一個完整的故事系統，現存及存目的三國戲約六十種，只有已佚的一種《趙子龍大鬧塔泥鎮》可以肯定是以趙雲為主人公的。但《三國演義》未採用這一情節，故不知其詳。現存三國戲二十一種（均指雜劇），十九種有關羽、張飛出場。全出張飛主唱的五種，唱一、二折的四種。《隔江鬥智》中他的作用超過關羽、趙雲，最後是他坐在翠鸞上偽裝孫安小姐，欺騙周瑜下跪，把周瑜氣倒在地，其喜劇色彩，也與小說相近。關羽在雜劇中任主角的雖只有三本（《千里獨行》是旦本不由關羽主唱，但主要人物仍是關羽。）他義勇兼備的品格，英武威重中有剛傲之氣的大將風度，已十分清晰感人。二十一本雜劇，沒有一本以趙雲為主人公。他出場的有六本，其中只有《黃鶴樓》中唱了一折，性格似依稀可辨，其餘幾齣：《千里獨行》、《隔江鬥智》、《博望燒屯》、《襄陽會》、《五馬破曹》中，他都是一般的概念化次要人物。

〔註2〕羅貫中，元明間無名氏雜劇或有出於《三國演義》創作同時或之後者，但據作品看，似另成系統，即受民間文學和傳說故事影響，不出自對小說的改編，故仍與元雜劇一併討論。

以上統計說明：在《三國演義》成書前，文學流傳的三國故事沒有給羅貫中塑造趙雲形象提供更多的素材。至少與關羽、張飛相比是如此。

下面再看羅貫中是怎樣對待史籍即陳《志》和裴《注》中有關趙雲的材料的。

由於這些史籍相對於文學創作而言均失之簡略，所以小說創作對許多人物進行了大幅度的加工，使之成為血肉豐富的不朽藝術形象；有的由於思想傾向的改變，更有奪胎換骨之功，如曹操。就趙雲而言，則是在原型基礎上進行了明顯的「拔高」和全面的「美化」。

首先，小說大大提高了趙雲在蜀將中的地位。在《三國演義》成書前，無論是史籍還是《平話》，五虎將的次序都是關、張、馬、黃、趙。

陳《志》和裴《注》都沒有「五虎將」的提法。《蜀書》中，五人傳列入一卷，次序正是關、張、馬、黃、趙。關、張在前勿庸討論，趙雲列入馬、黃之後也是有充分根據的。先從其所封官職看，按兩漢將軍以大將軍、驃騎將軍、車騎將軍、衛將軍、前、後、左、右將軍為貴〔註3〕。建安十六年馬超投蜀，章武元年即遷至驃騎將軍。黃忠在劉備自立漢中王時進後將軍。趙雲於建興元年才封鎮南將軍遷鎮東將軍，他沒有晉封過前、後、左、右將軍以上的官職。前引諸葛亮答關羽書在陳《志》中原文是這樣的：

> 孟起兼資文武，雄烈過人，一世之傑，黥彭之徒，當與益德並
驅爭先，猶未及髯之絕倫逸群也。〔註4〕

黃忠因敗夏侯淵戰功卓著，劉備要破格提拔他，陳《志》載云：「先主為漢中王，欲用忠為後將軍，諸葛亮說先主曰：『忠之名望，素非關、馬之倫也。而今便令同列。馬、張在近，親見其功，尚可喻指，關遙聞之，恐必不悅，得無不可乎！』先主曰：『吾自當解之。』遂與羽等齊位，賜爵關內侯。」〔註5〕這些比較中，都未提及過趙雲，說明趙雲生前從未接近過他們的地位。他得以追隨四人之後，亦在建興七年他死後追諡的時候。《本傳》載：「……於是關羽、張飛、馬超、龐統、黃忠及雲乃追諡，時論以為榮。」趙雲不能與四人等列的原因主要恐怕還是武功與戰績較為遜色，據《本傳》載，趙雲主要功

〔註3〕詳見盧弼《三國志集解·黃忠傳》引錢大昭語，中華書局1982年版，第783頁上～頁下。

〔註4〕盧弼《三國志集解·關羽傳》，中華書局1982年版，第778頁上。「髯」指稱關羽。

〔註5〕盧弼《三國志集解·黃忠傳》，中華書局1982年版，第783頁下。

勞還在他任主騎時，長坂阪保護了後主母子，以後的攻城掠地之中，並無特殊功勳可言，反而在箕谷一戰中因失敗而遭貶。

可是在小說中，趙雲的地位卻被提到了馬、黃之前。七十二回寫劉備封五虎將，次序便是關、張、趙、馬、黃。作者作這樣的調整，要使讀者信服，就要大大突出趙雲的戰功和其他建樹。作者作了這樣的努力而且是成功的。

首先對於《本傳》有證的記載大肆渲染，如「當陽救主」一段，《本傳》記載如下：「及先主為曹公所追於當陽長阪，棄妻子南走，雲身抱弱子，即後主也，保護甘夫人，即後主母也，皆得免難。」對於這樣一件大事，裴《注》所引《趙雲別傳》也沒有什麼補充，而小說中卻就此寫出了三千餘字的一段奇文，成為《三國演義》中最輝煌、最動人的篇章之一。

小說中關於趙雲的大量描寫，如拒趙範、截江奪斗、諫賜田園、米倉山救黃忠及諫玄德攻吳等情節，均依據裴《注》所引《趙雲別傳》。此書隋、唐已不見著錄。後人對此書可信性有過懷疑。清李光地曰：「雲之美德皆見《別傳》，而《本傳》略不及之，何哉？」何焯說得更明確：「《別傳》類皆子孫溢美之言，故承祚不取。」雖然如此，裴《注》已作史料徵引，小說以之為素材，原無可非議，但羅貫中於《別傳》也是有取捨的，如下面的一段記載：

> 先是，與夏侯惇戰於博望，生獲夏侯蘭。蘭是雲鄉里人，少小
> 相知，雲白先主活之，薦蘭明於法律，以為軍正。雲不用自近，其
> 慎慮類如此。

此事便未被採入小說，顯然為老鄉說情，是難免徇私之嫌的，著意美化趙雲的羅貫中，自然便捨棄了這一材料。

對有些史實，作者則進行了巧妙的改造，例如箕谷之戰，《本傳》云：「明年，亮出軍，揚聲由斜谷道，曹真遣大眾當之。亮令雲與鄧芝往拒，而身攻祁山。雲、芝兵弱敵強，失利於箕谷，然斂眾固守，不至大敗。軍退，貶為鎮軍將軍。」雖然儘量減少了損失，畢竟是敗仗。箕谷之敗是孔明一出祁山失利的原因之一。孔明事後上疏自貶時說：「……至有街亭違命之闕，箕谷不戒之失，咎皆在臣授任無方。」〔註6〕但在小說中卻是這樣處理的：

戰前，孔明派馬謖守街亭，魏延接應，然後派趙雲、鄧芝引一支軍隊出箕谷。但只是作為或戰或不戰的疑兵，於全局並無重大干係。街亭失守後，趙雲還未與魏軍交鋒，就接到孔明的急令而撤退了，然而僅此只能減輕趙雲

────────────

〔註6〕盧弼《三國志集解·諸葛亮傳》，中華書局1982年版，第764頁下。

的過失責任。於是小說還增加了趙雲主動伏擊魏軍的情節。他刺蘇顒，射萬政，神出鬼沒，而曹兵反落魄喪膽，趙子龍成了敗中取勝的英雄。

當然，對素材增飾改造是小說家本事。《三國演義》於其他人物的塑造亦大率類此。但於正面英雄大加美化與拔高者，以趙雲最為突出。故比較起其他形象，可以說，趙雲這個形象既不是歷史的翻版，也不是民間文學的產物，它在更大程度上是羅貫中的創造，更多地體現了作者羅貫中的主體性。

羅貫中為什麼在關、張等英雄之外，又創造出一個趙雲這樣的英雄？陳壽在五人本傳後評曰：

> 關羽、張飛皆稱萬人之敵，為世虎臣。羽報效曹公，飛義釋嚴顏，並有國士之風。然羽剛而自矜，飛暴而無恩，以短取敗，理數之常也。馬超阻戎負勇，以覆其族，惜哉！能因窮致泰，不猶愈乎！
>
> 黃忠、趙雲強摯壯猛，並作爪牙，其灌、滕之徒歟？

關、張有較大的缺點與弱點，史有定評，民間文學流傳中的形象也與之基本一致，所以作者不能對之作根本改造，而趙雲，在史家既以「強摯壯猛」、「灌、滕之徒」為評價，史料的基本傾向也與之一致，又無民間已成的固定形象干擾，作為作者良將理想的載體，當是最好的人選。蜀漢英雄的命運絕大多數是悲劇性的，唯獨趙云是善始善終。作為完整的藝術形象，他缺少悲劇人物那種感人肺腑的力量，太完美的人物大率如此，這或許可引為創造高大全藝術典型者一戒吧。

原載《江西社會科學》1991年第6期，
合作者張峰，廣東省珠海市體育專科學校高級教師

哀楚聲聲斥禮教——讀袁枚的《祭妹文》

　　袁枚是清中葉的著名詩人，是「性靈說」詩歌理論的倡導者，散文也寫得很好，他的《祭妹文》與千餘年前古文大家韓愈的《祭十二郎文》前後輝映，成為我國散文史上哀誄文字的名篇，數百年來，不知催下了多少讀者的同情之淚。它寫得既哀婉淒切、纏綿俳惻，又樸素真摯、平易近人，可說是「性靈說」在袁枚散文中的具體體現。

　　本文祭的是作者的三妹素文。素文名機，別號青琳居士，生於康熙五十九年（1720）。她自幼聰慧，容貌才華在眾姊妹中出類拔萃。袁枚說她「皙而長，端麗為女兄弟冠」，且「幼好讀書，既長，益習於誦。針衽之旁，縹緗庋積」。她長於吟詠，在清中葉婦女詩壇上頗有名氣，與四妹袁杼、堂妹袁棠被人合稱為「隨園三妹」。她的性格也非常溫厚善良。可是她的命運卻非常不幸。雍正元年，她父親袁濱過去的上司衡陽縣令高清去世，全家遭冤繫獄。她父親遠道前往營救，使高家得免於難。高清之弟高八為了報答袁濱的恩惠，便將自己未出世的兒子與素文指腹為婚。不久，一副金鎖作為聘禮送到袁家，從此，她的命運，就套上了這副金子的枷鎖。然而此時悲劇還未完全鑄成。雙方成人後，高家因兒子（名高繹祖）不肖，曾兩次到袁家退婚。第一次假稱「子病，不可以婚」，素文「持金鎖而泣」，不肯退婚；第二次高家實說「婿非疾也，有禽獸行」，勸「賢女無自苦」。可是抱定「女子從一而終」觀念的素文又拒絕了。婚後，高子果然終日在外吃喝嫖賭，回家便虐待妻子。為了逼取素文的妝奩去揮霍，竟至對她「手搈足蹴，燒灼之毒畢具」。婆婆趕來救護媳婦，也被兒子打斷了牙齒。可是素文對這一切都逆來順受。丈夫不喜女工，她便從此不縫紉，丈夫不喜詩書，她便從此不作詩。直至最後丈夫要將她賣

掉還賭債，她才被迫通知家人，辦理離婚，帶著兩個女兒，回到了娘家。從此，她「長齋，衣不純采，不髮鬈（這裡是不梳妝打扮之意），不聞樂，有病不治。遇風辰花朝，輒背人而泣」，過著這種自我摧殘的苦行生活。高子的死訊傳來，她哀毀萬端。次年（乾隆二十四年，公元 1759 年）就去世了，當時還不滿四十歲。

袁枚於骨肉手足間一向友愛，素文和他年齡最相近，兄妹倆自幼耳鬢廝磨，感情尤為親密。她的死自然使袁枚倍感痛切。而這種痛切之中，還包含著對素文不幸身世的無限同情。

這篇祭文的寫法主要是抒情。在生活中，人們哀悼親人的死亡，常常是邊哭泣邊訴說死者生前種種令人難忘的事蹟。本文正是這樣的且泣且訴，用我們的術語，便是邊抒情，邊記敘，記敘為抒情服務。此外，在抒情中還有些議論的成分。

祭文開頭交代致祭的時間、緣由。祭文作於乾隆三十二年，說明正式下葬是在她去世八年以後。古人是很重視葬地選擇的。袁家大約原來準備將她的棺木運回原籍杭州，安葬在祖塋中。但因路途遙遠未能實現，終於決定就地葬於南京的羊山（今南京陽山）。對古人來說，生前流落異地，死後魂魄仍漂泊他鄉，是很不幸的。所以祭文一開頭就指出葬地離故鄉之遙遠，其中包含著對人生命運難以自主的悲慨。

接著，文章分析素文致死的社會原因，既是議論，又帶著強烈的感情色彩。他將素文受封建婚姻迫害的情節一筆帶過，又撇開了人們通常所取的天命之說，指出素文的死是識「詩書」造成的惡果：「使汝不識詩書，或未必艱貞若是。」這裡作者固然指出了素文不該執著封建禮教，但決無責備她咎由自取之意。相反，他在這裡描寫的是一個勤奮好學而又勇於身體力行的女子形象。作者和我們都不會苛責這個未成年的少女在當時未能分清是非的。這裡引咎自責：「未嘗非予之過也。」當然也不是理智的分析，而是沉痛感情的流露，同時也是為了減弱一些批判的鋒芒，使筆墨更為婉曲，但他批判的矛頭是分明的，那就是「詩書」。袁枚在女子讀書問題上一向思想解放。他是清代中葉婦女文學的積極提倡者，曾收過許多女弟子，這是人所共知的事實。所以他決不是一般地反對婦女讀書，主張「女子無才便是德」，而是反對那些宣揚封建禮教的理學著作對婦女的毒害。袁枚的弟弟袁樹的《哭三姊》詩中有「少守三從太認真，讀書誤盡一生春」之句，說的是同樣的意思。宋元以來

理學家們主張「存天理、滅人慾」，使婦女們受到極大殘害。理學在清代尤為盛行，清代婦女受害也就最深。清代史籍中「節婦」、「烈女」傳數量之巨，為歷代所不及。她們演出了一幕幕悲慘的活劇，實際上是將自己的青春和生命獻給了封建禮教的祭壇。促使她們這樣做的，除了社會的直接壓力之外，就是「詩書」中那些訓誡和典範。袁枚在當時能由妹妹的死而指出這一點，反映了他反理學的進步立場，其積極意義是不可低估的。從本文來看，這一段文字雖不多，但卻有重要意義。它是全文抒情的重要思想基礎，作者對妹妹的死愈痛切，對禮教的批判也愈有力。有人認為這篇祭文只不過是抒發了兄妹之間的骨肉之情，沒有什麼社會意義，甚至是宣揚了人性論，這是不正確的。

祭文通過對素文生前的種種回憶表達了自己的思念。首先是回憶素文和自己兒時的種種嬰婉情狀：幼小時同捉蟋蟀，稍長時同在書齋讀書，袁枚弱冠離家時素文的依戀，宮錦還家時她的欣喜……，時時、處處，無不表現了兄妹間的親密和諧。「奮臂」捉蟋蟀，「梳雙髻披單縑」來，「掎裳悲慟」、「扶案出」，輕輕數筆，勾勒出了一個活潑可愛、感情真摯的從幼女到少女的素文形象的輪廓。接著回憶素文「義絕高氏而歸」後的情形。只寫了兩個方面：一是素文的善理家政，一是素文對自己病中無微不至的關懷。前者沒有正面描寫，是通過表達自己對素文的信賴來表現的；後者刻畫得較具體，通過「終宵刺探，減一分則喜，增一分則憂」和來床前「說稗官野史可喜可愕之事」等情節來表現。這兩方面刻畫了成年的素文是那樣賢能和善良。最後回憶素文臨終二人未及訣別的情景。素文病重，她先是體貼哥哥而「阻人走報」，後來又表示了想見哥哥的願望。她的願望自然是非常強烈的。作者夢見素文來訣，次日即飛舟渡江，可見心情也是非常急切的。結果願望未能實現，作者的悔憾之情可知。這裡作者沒有急於直接表達自己的心情，而是描寫素文「四肢猶溫，一目未瞑」，從而斷言妹妹「猶忍死以待予也」，這就既寫了素文的遺憾，更通過寫素文寫了自己的遺憾。至於素文「四肢猶溫，一目未瞑」是否真的是忍死以待阿兄歸來呢？在這樣的抒情文字中是不必深究的。

以下祭文轉入向死者交待安排後事的情況，目的是告慰死者，希望她在九泉之下能夠安息。同時也傾注了祭者的惓惓深情。

從以上分析我們可以看出本文記述的特點：首先，在死者數十年的經歷中，作者主要選取那些能表現兄妹間的至情，又能刻畫死者優良品質的事件，按時間順序分層次記敘，事件雖不多且瑣細，卻概括了素文一生的性格特徵。

在記敘中又用細膩而簡練的筆觸進行描寫，使素文的形象鮮明感人。整個記敘則傾注了作者深摯的感情。有人以為文中所記都是些瑣事，境界未免狹小。其實死者只是一個封建時代普通的家庭婦女，她一生沒有經歷什麼有社會影響的重大事件。但她的命運是典型的，是值得同情的。她與作者的家人關係，兄妹情誼，只有通過這些日常生活瑣事才能得到適宜和動人的表現。我們怎能要求作者脫離生活真實而為文造情呢？

本文的抒情成分則始終隨著記敘而交換著內容和節奏。每憶一事都結合眼前情景發生聯想和感慨。如回憶兒時臨穴捉蟋蟀，則聯想到眼前的臨穴殯葬，憶及病中素文對自己的關懷、則發出「今而後吾將再病，教從何處呼汝耶」的呼喚，這樣的抒情才不是空洞和不可捉摸的，才最能攫住讀者的心使之共鳴。同時，貫串全文的感情的強弱，又自然地隨著記敘內容的變換曲折迴環，波瀾起伏。憶一事，哀一聲；訴一句，痛一陣。由弱而強。訴到素文之死，則將思念、悔恨、希望、絕望等複雜情感，盡情傾吐，淋漓盡致地表達出來，終至搶天呼地，使悲痛的抒情達到高潮。

以下交代後事安排，情緒略趨平緩。但一轉入敘述自己的身世，又產生新的悲痛。痛死者加上痛自己，故哀楚倍增。這時祭奠即將結束，祭者要離去又不忍離去。矛盾徘徊，心摧腸斷「阿兄歸矣！猶屢屢回頭望汝也」，這聲聲的呼喚，形成又一個抒情高潮，在高潮中結束全文。讀者放下手中的書，亦久久沉浸在悲痛之中，痛定思痛，人們是會對那吃人的封建禮教產生仇恨的。

原載《讀寫月報》1985 年第 3 期

談新發現的清抄本《魏叔子文鈔》

　　魏禧是清初的散文大家，與侯方域、汪琬並稱「清初三大家」。凡研究清代散文以及中國散文史都離不開對他的研究。魏禧的著作很多，但由於入清後魏禧明顯的忠於故明的政治態度和民族觀念，《四庫全書》未收其任何一種著作，原出的也被禁燬，多種已知書名的魏禧著作至今未見，當與此有關。存世的魏禧詩文，大部收在《寧都三魏全集》中。《寧都三魏全集》最早的版本是在康熙三年開始陸續刻印的家刻本，稱「易堂藏版」（以下稱「康熙本」），道光二十五年又由紉園書屋仿此本翻刻，稱「易堂原版」（以下稱「道光本」）。此後未再刻過。

　　由於魏禧在世時已經以古文名世，所以自清初以來就有了各種《魏叔子文鈔》，即魏禧的散文選本。今知最早的是康熙甲戌宋犖、許汝霖編刻《國朝三家文鈔》中的《魏叔子文鈔》。這些選本自清以來各種書目均有著錄，其中一些至今存世，都是刻本。它們一般經過編選者的校改，影響比較大。

　　筆者最近發現江西省圖書館尚存有一部《魏叔子文鈔》手抄本（姑稱之為「贛圖本」），不見於各種書目，也未為研究清初散文或魏禧的學者所言及。我們在整理《魏叔子集》（中華書局 2003 年出版）時，曾將其作為參校本，發揮了相當的作用。現僅就所見，作些初步的介紹。

一

　　贛圖本沒有任何文字圖章等標記表明它的抄寫者和進入江西省圖書館之前的收藏者，今天能夠確定的只是它是清抄本（見以下論述）。它是一個殘本，原選文 18 卷，今存 13 卷。《全集》中的詩 8 卷，抄本不錄。《全集》中的《日

錄》3 卷，抄本全錄。此外抄本還有《文鈔補》1 卷，內補選各體文 14 篇。現將贛圖本中的文 18 卷與《寧都三魏全集》中的《魏叔子文集》所收文 22 卷對照如下表：

全集本《魏叔子文抄》與贛圖本《魏叔子文抄》分卷對照表

全集本			贛圖本			全集本			贛圖本		
卷次	文體	篇數	卷次	文體	篇數	卷次	文體	篇數	卷次	文體	卷數
一	論	32	缺			十二	題跋	22	八	題跋	16
二	論	21	缺			十三	書後	22	九	書後	16
三	策	9	缺			十四	文	13	十	文	9
四	議	7	缺			十五	說	21	十一	缺	
五	書	21	四	書	30	十六	記	41	十二	缺	
六	書	20				十七	傳	38	十三	墓表誌銘	36
七	手簡	64	五	手簡	79	十八	墓表誌銘	57	十四	傳	24
			有的一組分為兩篇			十九	雜問	21	十五	雜問	21
八	敘	63	六	敘上	51	二十	四六	14	十六	四六	14
九	敘	39	七	敘下		二十一	賦	3	十七	賦	3
十	敘	31				二十二	雜著	10	十八	雜著	3
十一	敘	47									

經過粗略勘對和分析，我們對這個版本有如下一些認識：

（一）選目數量多，超過現有任何一種《文鈔》本。從上面的統計可以看出，各卷選目數量大都超過《全集》本的二分之一，有幾卷是全選。它的選目並不很精，很多篇目是一般《文選》不選的，例如「手簡」一卷，各種選本一般選得不多，而該本幾乎全部選了，其中有不少是並不很有分量的短章，看不出選者對其有何等的價值認識。

（二）這個本子與《全集》本的關係相當密切。有些跡象似乎表明它就是從《全集》本過錄的。首先是它們版式的一致。每行的字數相同，只是康熙本一些鏟缺的地方（大都是由於邊刻邊修改而造成），抄本大都將下面的字頂

了上來，使得字的排列有了不同。其次《全集》本原有「諸名家評點」，包括文後評、眉批、行間批，該抄本大都保持了《全集》本原貌。另外文章先後次序也基本一致，有些不一致的地方，似乎是選抄時並非一次性順序選下來，而是有過反覆。例如「手簡」就至少選過兩遍，兩遍基本上都是順著《全集》本次序的。

如果說它是從《全集》本過錄的，它所據的《全集》本是康熙本還是道光本或者是其他本子呢？看來應該是康熙本。康熙本是善本，較道光本為優。道光本雖然是仿康熙本刻的，並且也有比康熙本為優的方面，如康熙本第二卷的《兵謀》、《兵法》中所注《左傳》出處錯誤百出，道光本作了某些糾正（很不徹底），其他錯訛也有的作了改正，但是它還有不少錯誤。一個很大的問題是對原刻中表現魏禧濃厚的故國觀念的不少文字作了處理。如將「高皇帝」改成「明太祖」，將「烈皇帝」改成「崇禎」，「神廟」改成「神宗」，為避諱則將「玄」改成了「元」等等。這對魏禧其人其文都是一種損害。贛圖本這些方面基本都保持了康熙本的原貌。當然也可能該本就抄在道光二十五年前。

（三）但我們又不能認定該抄本就是從《全集》本遴選過錄的，因為它有的地方與《全集》本有出入。這些出入對於研究則很重要。下面舉其要者：

1.《全集》康熙本第一卷目錄中有一墨丁，顯然是原來曾經選入某文，後來被拿掉了，從而在已經刻好的目錄中鏟去。正文中頁碼前後連屬，可見是刻的過程中就拿掉的。在康熙本中自然看不出刪掉的是什麼文章，但奇怪的是道光本正文中沒有這一篇文章，目錄中卻保留了，作《尉陀論》，使我們能夠知道《全集》本此處原來所選是此文。此文不見於其他文集或選本，卻在這個抄本中的「補」一卷中出現了。僅此一項，也可說此本非同凡響，有它的特殊價值。前面已經說過，這個抄本應該是從《全集》本選出的，「補」一卷中的正文除此文外，也都見於《全集》本。所以也不能肯定《尉陀論》必是據別本補入的。

2.「文鈔補」一卷還有一篇《漢中王稱帝論》，《全集》本第一卷中有此文，但贛圖本此文後面有一篇《附錄門人王愈融書後》，卻是兩種《全集》本都沒有的。這類「書後」，在《全集》中有多處，但本文沒有。這篇文字手抄本是從哪裏補入的不清楚，我們至今還沒有見到王愈融的文集。並且又為什麼要補入呢？是不是《全集》本本來是有這篇「附錄」的呢？如果是這樣，這抄本和《文集》本的關係就更加值得研究。

其實為什麼會有這個「補一卷」，本身就是值得研究的。

3. 部分文章《全集》本有鏟缺的地方，手抄本是有文字的。這種情形大都集中在手抄本的第六卷（《全集》本第八卷）。

如《孔正叔楷園文集序》：（1）《全集》本：「又二年〔　　〕盡出其楷園集授余評次而命以序……」，手抄本：「又二年〔先生〕盡出其楷園集授余評次而命以序……」；（2）《全集》本：「〔　　〕五經之文五嶽也」，手抄本：「〔文章猶山水然〕五經之文五嶽也」；（3）文後朱秋崖評語，《全集》本作：「賓主離合〔　　〕間（閒）情牽拂……」，手抄本作：「賓主離合〔立格最奇中間〕閒情牽拂……」。

又如《方輿紀要序》：《全集》本：「然竊嘗得舉其論之最偉且篤者〔　　〕蓋其〔　　〕一以為……」，手抄本：「然竊嘗得舉其論之最偉且篤者〔以示子弟〕蓋其〔大者有二〕一以為……」。

又如《陸懸圃文敘》（1）《全集》本：「使天下物形不出於方必出於圓則其法一再用而窮〔　　〕」，手抄本：「……一再用而窮〔語故曰規矩者方圓之至也不方圓者規矩之至也〕」；（2）《全集》本：「言古文者曰伏曰應曰斷曰續人知所謂伏應而不知無所謂伏應者伏應之至也人知所謂斷續而不知無所謂斷續者斷續之至也〔　　〕」，手抄本：「言古文者曰伏曰應人知所謂伏應而不知牽拂者伏應之至也曰斷曰續人知所謂斷續而不知脫跳者斷續之至也〔推而類之以為承者承之駐以為轉者轉之至也〕」。

以上種種不同歸納起來有兩種情況：一是所補字數與鏟缺字數相等，可以視為所補者即鏟去的文字。二是二者基本相等，但文字又有區別，如上述《方輿紀要序》的一條和《陸懸圃文敘》的第二條。需要說明的是，這些篇章中並非所有空缺處抄本都有文字，而是集中在某些卷，這是怎麼產生的呢？

這種情況產生的直接原因有幾種可能，我們不妨揣測一下：

一是抄者臆補。說有這種可能，是有一定的依據，如在《二汪遺詩序》中《全集》本「昔人有一子不欲以〔　　〕也」，這裡缺字文意不通，句上有朱筆眉批曰：「此有避忌字未補」一句，這「避忌字」很難猜出是什麼字。這裡所謂「補」，是指原刻，還是指抄者很難斷定，但存在抄者補的可能。上面那些空缺處的文字，抄者根據上下文意補充，也並非不可能。但這只是有可能，更重要的是要看有無必要。應該說《全集》本空缺大都是作者對文句作了修改造成的，抄者有什麼必要畫蛇添足，反作者之道而行呢？

二是另有所據。魏禧的文章常常在寫完之後，立刻就有人抄刻流佈。其
侄魏世傑在《全集凡例》中說：「家叔詩文好人彈射，又每自刮磨。客遊諸作，
皆主人代為流佈，朝脫於手，暮登於木。或先削板以待草成，後有改定，輒就
版削，行墨多空，不能盡費梓人也。」不過這種文字到刻《全集》的時候，應
該已經無須空缺了，當然刻《全集》的時候，對已經流傳過的文字，還在作削
版刪改。如果我們認為抄本所據是《全集》本，就只能說抄者對原來沒刪改
的文字更有興趣，於是在抄某些篇目時參照了這些本子。而且從並非所有鏟
缺處都有文字看，抄者是有選擇的。他對作者的刪改有同意有不同意。這種
情況也不是沒有可能，不過總覺得有些牽強。問題仍然在於：難道有這個必
要嗎？難道他認為作者修改過的反而不如沒修改的好嗎？

有個類似的情況可以提供參考：在清張潮輯的《昭代叢書》乙集中收有
魏禧的《師友行輩議》一文，也有如上情況，即《全集》本中刻版空缺處，該
本都有文字。這種情況有多處，有的多達數十字，不大可能是別人隨意加上
去的。可惜由於手抄本前幾卷殘缺（此文《全集》本在卷四），不知此文有沒
有選入。如果選了，則可以比較，從而得出一些相應的結論。

由這幾點我們似乎覺得這個版本並不那麼簡單，就是《全集》本出來後
的一個選本，它有沒有可能是《全集》魏氏家刻同時產生的一個與它關係很
密切的本子呢？

（四）抄本有許多篇目有朱筆圈點和新增的批評，有眉批、行間批，有
文後評論。批者是誰不知道，其中不少是很有質量的。這裡隨便舉一例。在
《樹德堂詩敘》文後，有評說：「只贊詩，難以出色。卻借桃花脫洗一番，遂
覺新翠異常。古人化俗為雅多用此法。叔子文有議論證古據今，驚愚駭俗之
作，復有姿致秀皴如一亭一榭，不復天門閶闔，若此文者，歎其無所不有也。」
這樣的批評，顯豁實在，又清新雋永，沒有八股評點的腐氣。評點者應該是
一個有相當文學水平和卓越見識的學者。那麼他是誰呢？

（五）全書用精良宣紙抄寫，裝訂整齊。抄寫精細，字跡美觀，抄過之
後又進行過校對改正，錯訛較少。

二

以我們的初步觀察，這個手抄本的價值至少有以下幾點：一是幫助我們
對魏禧散文面貌，特別是其版本情況的瞭解增加一些重要信息。二是為整理

《寧都三魏全集》中的《魏叔子文集》增加了一種重要的版本資料，為出版一種更好的魏叔子文集作出貢獻。近期將由中華書局出版，由胡守仁、姚品文、王能憲校點的《魏叔子集》就採用了這個版本作為參校。可以相信，這個新的魏禧文集本會因此具有比較高的價值。三是它的批評對研究魏禧散文，以至散文美學，有一定的參考價值。

　　我們希望這個版本早日以適當的方式出版，面向學術界和更多的讀者。並且期待著有更多的發現和更深入的研究。

　　　　　　原載《江西師範大學學報》哲學社會科學版 1999 年第 1 期

書評序文

戲曲研究與史學修養
——讀蔣星煜《中國戲曲史拾遺》

　　打開蔣星煜《中國戲曲史拾遺》，按慣例先讀序言。鄔化志的《代序》活畫出蔣先生的人格與風格。當讀到初登學界的進修學員們聽蔣先生講課時覺得似乎海闊天空，有些不著邊際；讀蔣先生著作時又發出先生何以總在「拾遺」、「補缺」，不去寫一部重量級的戲曲史這樣的疑問時，我不覺莞爾。我也是教書匠，完全能理解那種對「序論、章節、甲、乙、丙、丁的概念定義」的期待和沒有滿足時略顯幼稚的失望。

　　我一直喜讀蔣先生的學術文章，開始並未意識到原因何在，逐漸讀得多了，發現它的一個特點就是舉重若輕。學術含量豐富造成它沉甸甸的份量，讀起來卻比較輕鬆，不像某些文章總要虛張聲勢，讓人望而卻步。這只有厚積而薄發者才能做得到。什麼是厚積？當然是多方面的學養，但我想，史學修養是其中最重要的一個方面。有什麼比歷史的份量更為厚重呢？

　　眼前這本《中國戲曲史拾遺》，且不說它的幾十篇文章涉及上千年的歷史，有些文章寫的就是「史」，比如《中國戲曲史上的四個高潮》等等。這裡，我舉出其中一些並非以「史」為宗旨的篇章，也許這更能顯示出蔣先生深厚博大的史學修養。

　　戲曲反映的是生活。而人的日常生活是非常豐富的，真實地反映生活就不可避免地涉及到生活的方方面面。開門七件事——柴米油鹽醬醋茶，無不可以入戲，而它們和戲曲的關係也就應該成為研究對象，蔣先生慧眼識珍，看出茶的文化含量最高，茶和戲曲的關係最密切。他寫了《戲曲與茶文化的

互動作用》，竟然發掘出這麼多材料——有的劇本以茶商生活為素材，有的劇情中有飲茶情節，有的反映出飲茶風俗，有的曲文、賓白中有關於茶的史料，有的反映出飲茶和人們生活方式的關係。特別是論說了地方戲曲中一大劇種品類——採茶戲，就誕生於茶葉的種植和生產。

這篇文章涉及大量史實和戲曲作品，在引用時，蔣先生筆底如泉湧潮奔，談起茶文化，有關知識和史料也是滾滾而來。對於這麼多的材料，作者不是僅僅獺祭，而是一方面圍繞文章中心，化入整體思考，一方面隨機觸發，在每一個點上又生發出新的思維火花。如解釋《張協狀元》曲詞中的茶名「社前春」，係從「春社前」而來，補充了錢南揚先生注解的不足，也填補了茶葉名稱知識的一個空白，不懂「明前」、「雨前」、「碧螺春」的命名，是得不出這一結論的。還有關於用茶引作為價值計算方法，老百姓賣私茶難以發家等等，更需要有關古代經濟史的知識了，還有從戲曲作品和史料中得出舊時「茶館兼作戲場」、「茶館兼作旅館」等民俗；劇中「看招子」乃是看海報（廣告）等等。讀此文時，只覺得新的知識、新的見解俯拾皆是，目不暇接。這些內容，看似信手拈來，實則非一日之功，的確是蔣先生畢生治學、長期積累的「史實」和養成的「史識」。

《孔尚任、陳文述確認「桃花扇」為宮扇》是一篇考證文章，考證的是「《桃花扇》中的『桃花扇』是一把怎樣的扇子——宮扇還是摺扇」的問題。一般人看來，「宮扇」、「摺扇」不都是扇子？是圓的還是扁的，與劇情、與人物、與思想藝術有什麼關係？或者有人僅僅是望文生義，出了「『宮扇』就是』宮中之扇』」這樣的低級錯誤，為此寫一大篇文字進行考證，是不是「走偏鋒」或有點「小題大做」？

其實不然。考證是研究古籍文獻的常用方法，也是文史研究學者的一項基本功。文學作品以虛構為主要方法，所以研究文學作品往往不用考證，哪怕是古代的東西。但作為一個從事相關研究的學者必須有這樣的觀念：文學中的某些細節的真實是必須講求的，寫作和研究歷史劇的人更必須具備相應的能力。考證歷史上的李香君和侯方域交往時是拿的什麼扇子，可以說是沒有學術價值；但如要考證《桃花扇》中的「桃花扇」是一把怎樣的扇子，就事關宏旨了。因此許多學者如歐陽予倩、周貽白、朱端均等都曾予以注意。蔣先生寫了這篇《孔尚任、陳文述確認「桃花扇」為宮扇》來考證之，不是「走偏鋒」或者「小題大做」，而是由於這把扇子是戲劇《桃花扇》中的一個重要

道具，是起著貫串全劇線索作用的中心道具。如果在演出時使用一把摺扇作為「桃花扇」，就會發生如蔣先生文章裏提到的「(摺扇)不使用時折疊之，扇面根本不可能展開。李香君一頭撞在樓柱上，鮮血何以會飛濺到扇面之上」的問題了。

桃花扇的非同小可之處，還在於它既是男女主人公侯、李的愛情信物，又是愛國女性李香君愛國思想、民族氣節的寄託，同時，它還是全劇思想的一種象徵，在劇中的作用舉足輕重。更為重要的是，有人已論證桃花扇是一把摺扇而且不是字面上望文生義，還「考證」出「此扇是崇禎皇帝所賜之物」，從而無端給作品增加了許多重要的「思想內涵」，這就更加不能置之不理了。蔣先生的考證引用了文獻，也引用了生活經驗，論證之有力是毋庸置疑的。

這裡，我對蔣先生用生活經驗作證據談點想法，因為考證的對象——扇子不是文字而是一件生活用品，因此生活經驗是很有力的證據。前面提到，如果桃花扇是摺扇，李香君一頭撞在樓柱上，鮮血不可能飛濺到扇面上，這就是生活經驗。

但生活經驗有時也會產生誤導。導致認為桃花扇是摺扇結論的，也有可能出於這樣的生活經驗：現實生活中團扇越來越少，舞臺上書生拿著兩面有字畫的摺扇風度翩翩，往往給人以深刻印象。蔣先生注意到了這一點，在文章中指出了從「博物館收藏摺扇多而推論『桃花扇』是摺扇」之誤，並敘述了扇子功能由取涼變為書畫載體的過程，這也是用生活經驗作出的回答。現實生活與古代生活的距離容易造成研究者認識上不自覺的障蔽，這並不是個別的現象。

最後談一談《俞振飛及其(太白醉寫)》。這是一篇作者以見證人的資格寫的文章，其權威性是值得重視的。蔣先生以俞振飛的代表作——崑曲折子戲《太白醉寫》沒有受到研究和繼承者的重視為出發點，對歷史上的李太白其人、戲中的李太白、俞振飛如何演李太白作了全面評論。在我論及的幾篇文章中，我對這一篇有些偏愛。我不僅被說服，更多是被感動。我沒有看過俞振飛先生表演的崑曲《太白醉寫》，蔣先生文章中並沒有對俞先生的舞臺形象濃墨重彩地予以描寫，也沒有充滿感情的讚歎，但我讀過之後，產生了一種強烈的共鳴，頭腦裏出現了舞臺上《太白醉寫》的生動畫面，耳邊也似乎響起俞先生悠揚的唱腔，我多麼希望親眼看一看這齣戲，多麼盼望它能永遠活在舞臺上！為什麼會這樣？我覺得是因為蔣先生理性的文章中蘊藏著對唐

代大詩人李白的熱愛、對崑曲藝術家俞振飛先生的熱愛、對崑曲藝術這一文化瑰寶的熱愛。這種熱愛，蘊含在對李白人格的描述中，蘊含在對俞先生表演藝術的讚美中，更蘊含在對《太白醉寫》舞臺演出將成絕響的深深遺憾中。

　　作為一個理論家、學者，必須理智客觀地對待他的研究對象。但這不等於對這些對象只有冷靜、冷峻，甚至冷漠。特別是一個以自己民族的歷史文化為研究對象的學者，他的史學修養不應該僅僅是知識和學養，還包含著與身俱來的對自己民族文化的滿腔熱忱，以及幾十年寒窗風雨、生死與共的經歷中培養出來的深情。這是我在蔣先生的許多文章中感受到的。

原載《上海戲劇》2005 年 10 月號

旅遊的三個視角
——讀蔣星煜旅遊散文集

　　現在中國旅遊成為時尚，是大眾都可以得到的一種享受。但往往聽到一些趁興而去、興盡而還的旅遊者說，他們大部分時間在汽車上聊天、打瞌睡；到景點下車就匆匆忙忙地選背景照相；到了一座名剎古廟或古建築，往往是穿堂而過，這邊還沒來得及駐足，那邊領隊或導遊就在大聲招呼：「上車！」然後隨導遊去購物，明知是圈套，還是心甘情願地掏了腰包。問起此行的收穫，他們則往往帶著疲憊和懊惱的臉色，談不出所以然。說來慚愧，筆者雖忝在「知識分子」之列，讀過一些古今文人寫的遊記散文名篇，參加過一些有旅遊節目的活動或隨團到過一些名山大川並且很快樂，但從來也不曾寫過一篇「遊記」之類的文章。可見與上述情況相差無幾。

　　讀了蔣先生的這本旅遊散文集，這才知道什麼叫做「享受旅遊」，才知道為什麼司馬遷把「行萬里路」和「讀萬卷書」的重要性並列。原來旅遊可以是這樣的！於是乎想：與其參加前面提到的那種旅遊，還不如好整以暇，坐在家裏的沙發上，捧讀蔣先生的文章。就像我現在這樣，才讀了幾篇，已經覺得如入山陰道上，馬上躍躍欲試，想要把感想付諸筆端；還生怕讀多了，想說的話發生「擁堵」，反而說不出來了。所以本文還是在沒有讀透散文集的情況下寫的，也不涉及其涉外旅遊的文章。我沒有去過澳洲，也沒有域外文化修養，《澳洲寫真》一輯中的文章，也不敢妄談。

　　旅遊是個人選擇的行為，目的可以是多樣的：可以是娛樂，也可以是審美、學習、散心、鍛鍊身體，甚至也可以是什麼也不為，只是隨大流，都有可能「不虛此行」。但無論是哪一種，說到享受，都是主觀與客觀雙向契合才能

得到的。不同的素養、學養、目標、追求，得到的收穫也肯定是不一樣的。固然像蔣先生這樣的旅遊，非人人可得而企及，然而這只不過是水平程度的不同，方向是可以追隨的。所以我想本著這樣的精神來感受這本散文集。

從散文集看蔣先生的旅遊是怎樣的？當然和大家一樣，主要是對自然景觀和人文景觀的美的欣賞。這是散文集絕大部分文章的內容，在他的筆下，所有景觀無處不美。對這方面我先不說它，先說蔣先生的旅遊與眾不同處。

其一，蔣先生的旅遊可稱之為「學術之遊」，即在旅遊中帶著學者的眼光和研究的態度。不是說蔣先生出遊是為了寫論文或者搜集素材。他也和大家一樣，是帶著一顆賞心，參與一種樂事去的。但由於他治學一生，已經造就一副學者的眼光，加上他豐富的學識，所到之處又都積澱著豐富的傳統文化。不期而遇，也能使他的旅遊充滿研究探索之趣，寫出來的遊記就帶上了濃厚的學術氣味。只不過或多或少，或濃或淡。像《二泉映月的地方》，對題目望文生義，或許以為它一定是寫惠山月光之明亮和二泉水質之清冽；讀後才知道，它更多寫的是帶有考證意味的「惠山」、「無錫」、「二泉」等名稱及其來歷，以及與茶相關的許多知識。短短的兩千來字，提及的文獻有七八種，相關的古人、今人自唐代的劉伯芻到現代的華彥鈞，有十幾位之多。重點當然是陸羽及其《茶經》，連章節名目都列出，原文及出處也引了。為了寫惠山茶之美，飲之趣，列舉了唐宋詩人顧況、張祜、杜牧、皮日休、蘇軾、蔡襄及其詩句，還旁及清代的著名戲劇家洪昇及其《長生殿》。凡此種種，無不是做學問者思維慣性使然。

這樣學術色彩很濃的還有《八大山人故居青雲譜》，其他多數文章則是或多或少有一些關係學問知識的片斷，或帶著一些學術的氣息。比如《善權洞的意境》中說明「善權」二字的來歷，辨明後人作「善卷」之誤；比如《文遊臺暢想曲》中關於王士禎題字真偽的問答；《虞山風光與破山寺》中關於張建著名的詩句是「曲徑通幽處」，還是「一徑通幽處」的辨析等等。看似即興得來的幾個小題目，甚至似乎是不經意的一筆，例如《肇慶星湖的千年詩廊》中那個《馬蹄碑》上的蹄印，應該就是指碑上的那個馬蹄形影子的論斷，如此等等，都不是粗通文墨者可以信口開河的。

可以說，散文集中幾乎沒有一篇文章是沒有知識含量或毫無學術氣息的。但這並沒有使這部散文集變成一本學術論文集，使外行望而生畏，因為它還有其他的許多特點，並且學問也談得比較通俗，一般讀者完全可以由此受薰

陶、長知識；至少也可以學會在旅遊時，不要走馬看花，要多注意點景物中的文化內含。蔣先生「學富五車」，有豐富的知識儲備。例如關於是「一徑」還是「曲徑」，他提到有「四十多種《西廂記》版本都作『一徑通幽處』」，推論這是原作的句子。作為《西廂記》版本學權威，他的學問補充了旅遊知識。但一個人不能說世界上的事無所不通。蔣先生並不專攻八大山人生平研究，寫於80年代初期的《八大山人故居青雲譜》中關於「朱良月就是八大山人」的說法，就是來自給他作介紹的本地專家。那時人們就是這樣認識的。經過多年的「八大山人熱」，人們已經改變了說法。假如現在他再來青雲譜，就會得到許多新的關於八大山人研究的新成果。蔣先生是抱著在旅遊中汲取知識的態度，並不把旅遊當成單純的「遊山玩水」。他做得到，我們每一個旅遊者也是可以做到的。

其二，蔣先生的旅遊可稱之為「藝術之遊」。蔣先生是藝術鑒賞家，常常有人請他去鑒賞和給予評論，結合著旅遊，凡屬藝術的展示，他都盡情欣賞。比如在《樂山大佛與國際大佛節》中不僅寫到高雅藝術小提琴協奏曲《梁山伯與祝英臺》、舞劇《嘉州魂》，更詳細介紹了當地特色的舞龍和一種不為世人所知的民間樂器「喔山號」。這些為他的散文增色自不在話下。

但更多的不是安排的演出，而是隨機遇到的景觀裏的藝術，他都絕不放過，心領神會並有精闢見解。請看，《蠡園的黃昏》從蠡園的結構與三潭印月，與頤和園長廊比較，這是園林藝術；《九華山的寺廟和竹梅》關於祇園寺的建築布局和人雄寶殿的美學分析，這是佛教寺院建築藝術；在《八大山人故居青雲譜》中他看了八大的作品，發表了八大畫鵪鶉和翠鳥都畫得很醜，畫荷花則畫很長的荷梗等等十分內行的點評，這是繪畫藝術。書法是蔣先生的強項，在《文遊臺暢想曲》和《嶽麓書院與嶽麓山》兩文中都有關於碑帖和書法的欣賞和議論。如果再將藝術的範圍泛化一點，把武功（《樂山大佛》）、美食（《海南椰趣》）、飲茶等都算在內，蔣先生的旅遊真可謂無處無藝術了。這些藝術品大都是「到此一遊」者都能見到的，少數有心人或內行也許與蔣先生一樣，我敢說大多數是浮光掠影，過目則忘，哪裏能得到如此的收穫和享受呢？我們要向蔣先生學習的，並不是要有他那樣的學識水平，關鍵是要做有心人。

在旅遊中，蔣先生廣博的藝術修養不只是在見到這些藝術品的時候才起作用。許多情況下是蔣先生將眼中的景物藝術化了。比如當他看到美妙的竹子，不但形態美，發出的濤聲也美，成長的過程也美，製成的工藝品也美，便

「甚至覺得笙簫管笛能發出呼鸞引鳳穿雲裂石之聲，也自有其淵源。他們生成在山野大澤時，本來就聽飽了種種天籟，有訴說不盡的情思要傾吐啊！」這是他的音樂修養在起作用。肇慶星湖的美景，讓他聯想到：「用圖畫來比擬風景的話，我認為不像油畫那樣凝重，不像傳統的青綠山水那樣色彩強烈，而是最近似水彩畫，某些畫面也很像日本人畫的中國山水畫。」這是他的美術修養在起作用。甚至在攀登上方山上雲梯最艱險處，心裏撲撲地跳，手心捏著一把汗的時刻，想到的居然是芭蕾舞演員的腳尖。這真是典型的蔣星煜性格啊！

　　那信手拈來的古典詩歌，處處在恰到好處地幫助作者美感的傳達。對於古典文學專家的蔣先生也許不足為奇。我以為把散文寫得如詩一般，才是這部散文集的特色。讓我們集中欣賞《夜宿黃山玉屏樓》中的幾個片斷：

> 　　暮色從四面八方向我合來。一霎時，我的視線就會縮到了很短的距離之內。這時我想起下午落過幾陣雨，使芳草得到了滋潤。為了酬謝這雨，樹葉和芳草又發放出純樸的清香。這股清香逐漸和暮靄、雲霧凝聚在一起，越來越濃密，再也不肯散去。

不是「我墜入暮色之中」，而是「暮色從四面八方向我合來」；清香暮靄和雲霧不是「沒有散去」，而是「不肯散去」。樹葉和芳草不是自己散發出清香，而是為了酬謝雨的滋潤。這裡物和人，物和物，相互充滿了柔情。

> 　　把電燈熄滅，讓月光傾瀉了一床。窗外牆腳根有水在流過，這是山雨的餘澤？還是用竹筒在汲引小水庫的水進樓房？我沒能多想，就讓灑滿了月光的被子把我覆蓋著進了夢鄉。

他是怎樣享受月光的？是他讓它「傾瀉」在床上的；是他將月光作被，蓋在自己身上的。在它的覆蓋下，夢境該是如何的甜蜜和美麗！

　　月光下的睡鄉輕盈而溫軟，而陡峭的山路呢？那是「青雲梯」。可石梯也不是靜止、堅硬和冰冷的，因為上面有活動著的衣裳斑斕的遊人：

> 　　山風起處，我看到了那一架青雲梯在輕輕飄動。這些沉重而穩固的石階都跳起舞來了麼？……這條山路，還不如稱之為飄動著的彩帶。……其實整個人生，整部歷史，也都是一條連綿不斷的彩帶。

讀到下面這幾句：

> 　　當我想到自己不久也將攀登蓮花嶺時，同時想到也必將成為那條彩帶中的一經一緯，作為風景，被後來者所賞。

我馬上想到了著名現代詩人卞之琳的那首著名的《斷章》：

　　　　你站在橋上看風景／看風景人在樓上看你／／明月裝飾了你
　的窗子／你裝飾了別人的夢。

真可謂「異曲同工」啊！

古人不是說「良辰、美景、賞心、樂事，四者難並」嗎？在旅遊中往往是可以齊備的，而其中「賞心」是關鍵。有了賞心，無中也可以生出有來。蠡園是觀魚的好去處，然而他當時所見的水中並沒有魚。但他還是得到了觀魚之樂。他想到了莊周與惠施關於「子非魚」和「子非余」的哲學探討，想到了劉備得諸葛亮「如魚得水」的故事，甚至在走遍四個水榭，竟沒有看到一條魚兒時，他還是從謝落的桃花，一瓣兩瓣，一片兩片，在水面上隨著微波蕩漾時，他還是從「水面落花慢慢流」，不遜「水底魚兒慢慢游」的景色中得到了美好的享受。釋、老都有關於「無」的哲學觀，精妙無窮。蔣先生是在他們的啟示下修煉出的審美感知吧？

篇篇是詩情，篇篇有畫意，不時透出的絲絲玄機和哲理，對景物的審美被不斷豐富著，提升著，人的精神進入了更高的境界。

其三，蔣先生的旅遊可稱之為「人間之遊」。這一命題好像不通。然而我作如是觀：

首先對此散文集作整體觀。除了上天賜予的大自然外，文章中的那些建築、園林、碑刻、音樂、舞蹈、美術、書法、雕刻……，無不是萬千年來中華民族生活的遺存。文中難以罄數的典故，是古人生活的事實。文中提到的古今名人，從少昊到老、莊、曹操、諸葛孔明、昭明太子、李白、陸羽、蘇軾、康熙、朱耷、阮元、曾孟樸、華彥鈞、吳曉邦、姚笛、呂其明……有數百罷？這些林林總總的人物，構成了一個廣闊的立體時空：中華民族的人間世。散文集並不是在發個人的思古幽情，甚至要脫離塵世而去，或回到枯寂的書齋，或蜷縮到藝術的象牙之塔，而是懷著滿腔熱情，在禮讚著這一人間世界。今天的和未來的人間世界，就是這一世界的繼續啊！

無可諱言，對現實的人間世，散文集是弱化了，淡化了，這是遊記散文的文體決定的，也是作者人生態度的又一側面。弱化、淡化並非絕響。它們時隱時現，透露出相關的時代背景和作者的態度。比如文革，是新中國的一段重要歷史。蔣先生與文革的關係至為密切。上海姚文元就《海瑞罷官》一事發難，作者因為曾應《文匯報》之約發表過一篇寫海瑞的文章，因此成為

首批受到殘酷迫害者之一。1983 年他到海南省海口市郊的海瑞墓前憑弔，心中的感觸和餘痛可想而知。此時他僅僅是憑弔古人，符合人之常情嗎？然而他在《瞻仰海瑞墓園》一文裏也只說了一句：「當（工匠）知道我也因為海瑞而受到了殘酷迫害時，反而又對我加以安慰和勉勵了。」他寫工匠聲淚俱下地對海瑞墓受破壞的悲憤，文字也不多。在人人都深知文革罪惡的今天，這些都能神會，也就夠了。在散文裏，舉重若輕、以少勝多，也許這就是一例。

作為一個有良知、有良心的文化人，對現實中金錢大潮衝擊民族文化帶來的惡果，是十分敏感、痛心的。作為一位品茶與茶文化研究專家，他對上獅峰茶中奇珍和像液體水晶般的獅峰泉居然面臨被消滅的厄運，更是痛心無比。在《上獅峰品龍井》中寫到「十八棵御茶」可能遭到商品開發帶來的厄運，寫到隨之要失去相依多年的茶園的「獅峰阿慶嫂」，寫到自己在濛濛細雨中離別上獅峰時的依依不捨和滿懷惆悵，他含著怎樣的深沉的悲哀！

還有《八大山人故居青雲譜》開頭，用了那麼多的篇幅去寫造訪青雲譜的艱難：難走的路徑，難敲的大門……，都是在寫這一文化古蹟的落寞。先生還提到問路時，當地居民指著說「那座廟啊！」殊不知這還算好的呢。當年我去問路的時候，半天都問不出名堂，走了許多冤枉路。最後遇到一位總算聽明白了，說：「哦，八大山啊！」原來許多南昌人以為那是一個叫「八大山」的地名！說到這裡，真的是欲哭無淚。經過旅遊開發，現在問路也許不那麼難了。但說到底，是落寞一點好，還是熱鬧一點好呢，現在也還難以說清。

說到這裡好像有點沉重。改革開放帶來的旅遊畢竟主要是時代的進步，帶給人們的歡樂。散文集的主旋律是美妙的，歡快的。除了對大自然和人文景觀的審美享受以外，有些生活細節描寫，也給文章平添許多情趣。儘管不多，但是很生動。《在萬山叢中玩橋牌》是這方面的代表作。寫的雖是解放前，但情感是當代的。那是 1945 年在重慶縉雲山的一段經歷。半夜走夜路遇到老虎，這已經是令人驚心動魄；後來又因山路跋涉的艱難而用甘蔗充當手杖，簡直匪夷所思；而手杖後來又成了口中之食，真是令人開懷！這樣的生活情趣，非親歷者是絕無可能想像出來的。文章最後寫穿破外套到豪華公館玩橋牌，臨走時僕人送來大衣，穿衣時手伸進了開了縫的夾層取不出來，只得狼狽逃竄。讀到這裡，想起現在總是是衣冠楚楚的蔣先生，不覺莞爾。然而我知道，這不是一個簡單的小笑話，而是抗戰時期到大後方的知識青年清苦生活的一個小小側影。

　　這樣精雕細刻出來的美文，應該細細咀嚼，否則真是辜負了作者的匠心。雖然我還意猶未盡，但文章已經太長；更何況我如果將品嘗佳餚變成了嚼蠟，那就是罪過了。還是留待讀者自己去品味、學習吧。

原載《山水對人性的折射——蔣星煜旅遊散文集》，

上海人民出版社，2012 年

「洛氏體系」的基石——《洛地文集·戲劇卷第一(戲弄·戲文·戲曲)》讀後

　　洛地先生，以「獨見」、「創說」聞名於學界——按他自己的話說，是：「若非我個人之見，何須由我來說呢？」在他筆下，可謂無一字無新意。洛地，以其見之獨創、學之宏博、證之嚴謹、說之貫通，及其特有的行文風格，自成一家，產生巨大的魅力，吸引著海內外學人，被稱為「洛氏體系」。

　　「洛氏體系」，一直是我對他的學術研究的稱謂，直接來自讀他的文著的感受；這，也不是我一個人的感受，陋聞如我，知道至少在浙江，在北京、上海、南京等地以至港、臺、韓、新，戲劇、音樂、詞曲、文史等界，不少我認識和不認識的學者不約而同地有「洛氏體系」這個說法。如研究《爾雅》的著名學者馬錫鑒教授，讀了他昔日的學生洛地研究先秦文史的長文《雉——商先祖》後，評曰「持之有故，言之成理，足為體系」。著名學者余從教授為洛地的《詞樂曲唱》所寫的序中，稱之為「自成體系而立新說」。

　　「體系」，非同小可，且洛兄進行學術研究的涉及面極廣，非一篇小文所能暢言。這裡，但就他新近出版的《洛地文集·戲劇卷之一(戲弄·戲文·戲曲)》談一點感想。

　　多年來，每讀到洛兄的文章，都有醍醐灌頂的感覺。不僅為之震懾，而且感到驚詫。震懾，當然是因為他所提出的問題的分量和力度之「重」；驚詫呢？驚詫什麼？洛地，他並不是在原荒石洞中挖出了什麼驚世寶藏，也不是在故紙堆中發現了世人未詳的罕見秘作，雖然他並不是不重視、不知道它們。他是從最普通最普遍、人所公認、常在口頭筆下、司空見慣的現象和材料，

看到重要的問題，提出與眾不同的見解——揭露了事物實質和真締。令我豁然：「真是，事情原本來就是這樣地簡單地明白。」但在此同時返顧自己：「我何以會對明擺著的事情熟視無睹，麻木不仁呢？」所以，我的驚詫，首先是對自己的；但，實在說吧，也不只對自己。予何人哉，敢說自己應當什麼都知道？驚詫的是：我們學者如雲、文著如山的廣大學界，何以也這樣，對這些問題都未曾提出，甚至想都沒有想過呢？

如洛地說：「中國戲劇應該是有類別的。」在本文，這只是一個事例，在洛地戲劇體系則是一塊基石，是《洛地文集·戲劇卷之一》的基本內容。是不是？是啊！任何複雜的群體事物都必是有類別的，任何門類科學研究都是分類開始的，這些道理人人都明白。然而，在我們自己的專業呢？研究、闡述中國戲劇的無數典籍、史著、理論，恰恰是從來沒有對中國戲劇提出過有類別。不，不，還是有的，有按各地各劇團使用的「腔調」即「曲」區別戲曲類型」的「劇種」。中國戲劇不就是「戲曲」嗎？按「曲」分為「劇種」，豈不天經地義？於是，我們就按「曲」來為戲劇區分「劇種」了，分了幾百個「種」，沒有類別的「一律平等」的「種」，從來沒有人說不妥。多年來，我們早已習慣成自然了。嘿，洛地說：「不對！『戲劇』與『戲曲』不等義。」是不是？是呀！當然是。——戲劇的本質是「戲劇」而不是「戲曲」，這不也是人人都明白的事？但是，我們卻是按「曲」來區分中國戲劇的；而且，我們這樣做是遵循經典的——尊敬的王國維先生的話「以歌舞演其事」就是我們的經典。可是，洛地又說了：「王國維先生說的不是這個意思。」怎麼會有這樣的事？再讀讀王國維的著作，哈，果然！王國維明白地寫著：「『真戲劇』與『真戲曲』相表裏。」他講的「戲曲」與「戲劇」是兩回事！是怎麼啦？我們，奉王國維為開山祖師的廣大學界怎麼會都「看不見」呢？我們的語文水平並沒有低到連這幾句話都讀不懂的程度吧。

又如，決定事物之為事物在其本質，這當然是的。洛地說：「戲劇的本質是『扮演』。」這也是人所共見的。那麼，按其本質即據扮演的不同性質，我國戲劇就有了類別：一類是扮演身份，為「戲弄」；一類是通過腳色扮演人物，為「戲文」；還有一類，以「曲」為體的無穩定的戲劇結構，從而扮演無定，乃為「戲曲」。這不是順理成章，十分簡單明白的事嗎？我們怎麼會從來「看不到」，「一點沒有想過」呢？

再如，洛地說：「戲文」非「南戲」——「『戲文』是一個大概念；『南戲』

是個小概念」；「戲文成於南宋，宋人能稱自己是『南戲』麼？」「古人從未將『戲文』與『南戲』相混淆。」……是啊，真是一點都不錯，只要稍微想一想，就很清楚、明白。但是，我們怎麼會多年來如此「心安理得」地稱「戲文即南戲」呢？

以上及其他，在戲劇理論及戲劇史研究，都是十分重要的問題，洛地都有其「獨見」——在我看來，是不同凡響的真知灼見。而他提出和得出以上及其他許多方面的問題和見解（結論），似乎是「輕而易舉」。他真是「舉重若輕」哪！而我們為什麼就提不出、得不到呢？讀他的文章，聽他的談話，我簡直要懷疑自己是不是「弱智」者了。不，我們並不是「無知」者。比如，「戲弄」這個概念並不是洛地首先提出的，任二北先生早就有專著《唐戲弄》；我們也不是沒看到現代的秧歌、採茶、二人轉等這些戲的特殊存在，並且也給了它們一個專稱「地方小戲」。可是，認識就到此為止了，就到有「大戲、小戲」這樣一個朦朧含混的認識就為止了。又比如，對元代雜劇，我們也並不是沒有看到其中有些劇作的戲劇性不足，甚至已經看到其結構是「四套『曲』」，但是，並沒有以為（從未去想）這些與元曲雜劇的性質，與我國戲劇之有類別會有什麼關係。可以這樣說，我們是走到了敞開著的真理之門的門口，甚至一隻腳已經踏在門檻上，便往往以為事物之理於此已是盡頭，就此掉頭而去了。而洛地，他和我們一樣地走到門檻時，卻「輕輕一步，跨進去」了。

為什麼會是這樣的呢？我自己可以是個學術上的庸人，發生這樣那樣的失誤不足為奇，或大可不必有此一問。而廣大學界，我敢說決非如此。可以肯定地說，每一位認真做學問的學者，不論他是否同意洛地的結論，都會提出這樣的問題：洛地為什麼總能在「眾口一致」的地方提出問題？

我終於高興地看到《洛地文集‧總序》中有了回答。這不是一般的回答，它是一篇關於學術思維的哲學論文（雖然很短），是一篇呼喊理論認識和認識理論的檄文。認識與現象、理論與實踐的關係，是學術研究的核心。關於這，前輩和當今的哲人們已有許多闡述和名言，我們應該很熟知、很透徹的了。不必多說，且看看洛地是怎麼說的吧：

> 任何事物的出現（產生）及其歷史進程（發展過程）的發生，必定在各種條件和情況下——往往是在不可預知的各種條件和情況下出現和發生，從而事物呈現出非常曲折和複雜的現象、形態和過程來。（後面又有與之相近的一句：「與事物『本身』完全一致的

『現象』是非常之罕見、非常之難以出現或至於不可能。」）然而，
無論其具體現象形態及其過程如何地複雜曲折，事物之所以如此產
生及如其歷史過程的演化，歸根到底，有「其自身運動的邏輯」在。

探索事物，即在於探索事物運動的邏輯；認識事物，即以事物
運動的邏輯去審視、去分析事物的演化，去判認事物的種種現象和
形態。

這些話已是非常之明白，不用解釋的了。如果要解釋的話，我上面說他「舉
重若輕」，其實，洛地是非常勤奮、艱辛地努力著的。他所做的努力，就是「探
索事物運動的邏輯」，並以此去「認識事物」；他所持的，就是「理論思維」。
他在本集正文首篇《戲弄‧戲文‧戲曲》及他處多次強調：

理論，只有理論，才是真正有力量的。

以科學的理論思維去認識事物，乃為研究，方才是研究。

我想，問題的答案是：我們對理論研究尤其是基礎理論的建設是太不重視了。
我們重視的，是對個別事例和現象（如作品、作家）的發現或證說。在理論
上，則滿足於引證前人往往是朦朧含混或似是而非的說法（如「世之腔調，
三十年一變」之類），或熱中於引進一些似懂非懂的洋概念（如「悲劇、喜劇」
等）來證說這些事例和現象；卻不重視或不願意以擺在面前的自己民族戲劇
的大量事實和歷史材料為基礎，深入開掘，建設我們自己的中國民族文藝、
民族戲劇的理論系統（這是要花大力氣的）。我們前此開過無數次學術研討會，
有哪一次曾著眼於研究我國戲劇的基礎理論建設的呢？沒有。其所以沒有這
樣做，我想也是有原因的，比如對已得成就的滿足，對「權威」的盲從意識等
──這對本文是「題外」，不說也罷。

理論是重要的，然而，洛地把理論及理論思維強調到這樣高的地步，是
否有點悖於時情？他的一些批評，可能是很刺耳的。他說：

使我深深感觸的是：我們研究界對自家戲劇藝術的種種闡述
（即所謂理論），實際上多是以循舊苟且為思想基礎，立足於「約定
俗成」的「既成事實」；然後用可能的種種，為這些所謂「約定俗成」
的「既成事實」作飾說、作強解，或者還加上一些非邏輯思維的望
文生義的想當然。

如果我們安於為「約定俗成」的「既成事實」作飾說，我們將永遠處於「天圓
地方」、「日東升，月西下」、「會飛的蝙蝠是鳥，在水中的鯨是魚」的境地。

　　作為旁觀者、他的友人，真有點為他惴惴，但我不想勸說他改變「文風」。洛地對學術研究，並不僅是表達著他的理念，更是傾注了他的情感。只要是他的讀者，不論對他的見解是否允可，都會受到這種情感的感染。讀讀本書的《後記》吧，他是為什麼寫書，是怎樣出書的，就能知道他的人格和性格——對真理執著和不遺餘力的追求——是他學術的靈魂。就以「可讀性」來說，讀這樣充滿激情的文章，實在是一種享受，勝出沒有棱角、不溫不火、人云亦云、而圓潤順暢者多多。

　　雖說這《卷一》只是《洛地文集·戲劇卷》的一個開頭，但因有此一個《總序》，還有一個《後記》，基本上表達了洛地學術性格的面貌。所以，我稱之為「『洛氏體系』的一塊基石」——「洛氏體系」在戲劇學上的一塊奠基石。不知洛兄及首肯「洛氏學說體系」的諸君以為然否？

原載《戲文》2001 年第 6 期

「歌永言」——不只是一種「唱法」
——讀洛地《「律詞」之唱，「歌永言」的演化》後

　　在《浙江藝術職業學院學報》（2005 年第 1 期）上讀到一篇洋洋四萬餘字的宏文——《「律詞」之唱，「歌永言」的演化》（以下簡稱《「律詞」之唱》，作者洛地）。這在如今篇幅十分緊張的學報雜誌中是十分罕見的。是什麼論題需要如此的宏論，讓這份學報如此不惜篇幅呢？這是未讀文章之前讀者可能會發出的疑問。筆者拜讀之餘知道了，原來文章說的是中國文學史上的一種韻文可以付諸歌場的「詞」的唱法。然而文章中關於「詞究竟是怎麼唱的」卻又只用了極少篇幅，而用大量篇幅告訴讀者的是「『律詞』之唱是『依字聲行腔』，而不是『一個牌調有一個確定的旋律腔調』」這樣一個基本事實。詞（指「律詞」，以下准此）的具體唱法據我知道是洛地在其專著《詞樂曲唱》（人民音樂出版社 1995 年出版）裏，結合「曲」的唱法作了詳細闡說的。

　　那麼，說清「『律詞』之唱是『依字聲行腔』」這樣一個基本事實，需要如此「大動干戈」？拜讀之餘，乃知「洋洋四萬餘字」之不謬。因為文章用了大量的史證，徵引文獻和文學作品例證無數。比如為了證說王安石一段文字中的「腔」是指什麼，引證了 25 條文獻依據。這許許多多文獻史證決不是「獺祭魚」，而實在是因為不如此不足以使眾多長期持「約定俗成」論者信服。因為他相信「事實」本身是最重要的，相信「歷史必須在歷史中進行觀察」。在浩瀚的古籍中埋藏著的這些文字，他該用了多少精力去檢索？其用心可謂良苦。而在這樣許多確鑿的事實面前，當然不由你不信服。筆者正是在這樣鐵

的事實面前，改變了原先的懷疑和無知，知道了「詞」、「曲」之唱是「依字聲行腔」之說是真理，雖然至今還不能說已經了然。

然而《「律詞」之唱》中，不只是列舉了事實，其中有許多重要理論觀點。這些觀點，發前人所未發，在筆者看來，它們比「詞是怎麼唱的」答案更重要。不僅是為了理解「律詞之唱」，它應該成為建構中國音樂學和音樂史的基本理念，同時對中國文學史上的一些問題的認識也有重要參考價值。下面我談其中的三點：

一、我國的一切歌唱以「傳達文辭為根本目的」

在現代人的觀念裏，歌曲的主要功能是審美。由聲音之動聽和曲調中傳達出的情感使聽眾得到美感。然而洛地說：

> 在我國，最根本的一條：一切歌唱，以「傳辭——傳達文辭」為根本目的。

這是一個涵蓋面很大（「一切歌唱」）、分量很重（「最根本的一條」）、指義明確深切（「根本目的」）的關於中國歌唱藝術性質的論斷。當然，是不是以「傳達文辭為目的」才是關鍵。不論你同意不同意，這個論斷都會讓你震撼。

我是同意洛地先生的這個論斷的。一切民族文化都是以這個民族在歷史中形成的社會主導思想為背景產生的。長期以來，中國形成了重社會整體利益而非個人個性的社會思想——以儒家為代表。中國歌唱藝術以「傳達文辭為目的」這個根本性質是在這樣的背景下形成。

「傳達文辭」原初有兩重意義：一指傳達文辭的內容，一指傳達它的聲音。它們是同時實現的。但是傳達內容是出自社會需要，所以是出發點，也就是歌唱的本質，傳達聲音是實現傳達內容的途徑。具體來說，如《詩經》中郊廟祭祀時唱頌歌，如《左傳》中記載了許多外交場合的唱詩等等。而且不僅僅在上層社會，民間的歌唱也常用於人際間交流，如民間的「對歌」，反覆用一個唱調（「以腔傳辭」）你來我去，傳達愛情或者別的信息。在所有這些活動中，音樂欣賞的目的是從屬的。也不僅僅在古代，近代的戲曲的唱，包括創作歌曲的唱，強調「吐字歸韻」，也是要讓聽眾聽懂唱詞，儘管許多唱腔已被聽得滾瓜爛熟，也還是要如此，可見「傳達文辭」已經是不言而喻的要求（儘管有不同形態、不同程度），甚至可以說是「集體無意識」。

「歌永言」的唱當然也是以「傳達文辭為根本目的」。不過與前述種種歌

唱的性質不完全相同。「歌永言」功利目的性更明確，不是什麼「無意識」。它來自中國古代社會政治的需要，並且形成一種制度，為數千年政治統治和上層文化的歷史所傳承。「歌永言」一語最早出現在中國最古老的政治文獻集《尚書》第一篇《堯典》中，完整的意思由四句話組成：「詩言志，歌永言，聲依永，律和聲。」但應該把更多的文字引出來，才能說明它的性質：

> 帝曰：「夔！命汝典樂。教胄子：直而溫，寬而栗，剛而無虐，簡而無傲。詩言志，歌永言，聲依永，律和聲。八音克諧，無相奪倫，神人以和。」夔曰：「於！予擊石拊石，百獸率舞。」

這是舜（文中的「帝」）在任命他的臣子夔為典樂官時說的，他向夔交代他作為典樂官的職責：組織和管理朝廷的「樂」。這「樂」不只是音樂，而是一種綜合藝術──樂舞。樂舞不是娛樂活動，也不是為了審美需要，它是一種政治行為──「禮」的一部分。「禮」是一種政治制度，是統治者管理國家的一種重要手段。這段話值得注意的還有一點，就是這位典樂官還有「教胄子（即培養年輕人）」的任務。可見當時禮樂和教育是相聯繫的。它們都關係到政治統治的延續和社會秩序的穩定。中國封建社會依靠「禮儀」維繫了幾千年，這是歷史，載在二十五史的《禮樂志》中。「禮樂」更是一種思想，是儒家思想重要的組成部分。作為政治和教育制度的樂舞中的「歌永言」，當然最重要的是傳達這樣的內容。

再看「詩言志，歌永言，聲依永，律和聲」這幾句話。它完整地說明樂舞中音樂的形成：先有「詩」，「詩」即是文學化了的「志」，然後由歌者把詩句「唱」出來，（可見這裡的「志」並不屬於歌者）唱的調子就是拉長了的語音；樂器聲音的高低依照唱腔的高低，而由「律」來統一各種樂器的聲音。這是樂舞中的音樂構成，也是一個完整的過程。很明顯，在這整個過程中，「詩」是它的起點。

清學者馬瑞辰《毛詩傳通箋‧詩入樂說》云：

> 「詩言志，歌永言，聲依永，律和聲」，歌、聲、律皆承詩遞言之。

洛地說：

> 「詩言志，歌永言」，歌永言詩也。

這樣理解四句話相互關係的原始意義是正確的。也就是說「歌永言」是承「詩言志」而來的。「歌」的目的是傳達文辭──目的是傳達內容，形式是傳達語

音。「歌永言」在這裡具備兩重性質。這種唱在中國延續了兩千多年。

這樣追溯下來，是不是要說「詞唱」也是如《尚書》時代的「歌永言」一樣呢？當然不是。歷史前進了數千年，唐宋時期出現在文學史上的文體「詞」已不是「樂舞」中的歌詞了。雖然當時宮廷樂舞還存在，並且也用「詞」，但作為文學品種的「詞」整體上已經脫離了早期「歌永言」的性質。社會功利性已經削弱，審美功能有了加強，但千年歷史上傳承的以「傳達文辭」為目的的傳統還牢固地存在著，它是「依字聲行腔」唱法無從擺脫的基礎。所以我們不能小覷從「歌永言」演化成的律詞唱，它有深厚的傳統思想文化背景。

二、從「歌永言」到「依字聲行腔」，是最具華夏民族特徵的一類唱

這是對中國歌唱藝術特質的定性，根據的是語言和音樂的關係。

一個民族的語言是民族延續發展的要素，也是該民族文化的根基，它的重要性是不言而喻的；任何民族的任何一種歌唱藝術都和它的語言緊密聯繫，這也是一件很普通的事實。但真正認識這一點，或將它運用到對我國民族歌唱藝術的認識上的並不多。

洛地將中國的歌唱分成兩類：「以樂傳辭」和「以文化樂」。「以樂傳辭」的唱是：

> 以穩定或基本穩定的旋律，傳唱（不拘其平仄聲調的）文辭。

「以文化樂」的唱就是「依字聲行腔」：

> 「聲」，在「文」為句字的字讀語音語調起伏；在「樂」，是樂音旋律的高下。

這兩類是從語音與唱調的不同結合產生的。區別在於二者主從關係的不同，即前者以樂調為主，語音服從樂調；後一類是以語音為主，旋律由語音決定。

前一類即「以樂傳辭」的一類是各個民族都有的，後者卻是「最具我華夏民族特徵」的唱。為什麼呢？因為我國漢語言具有一種特質——四聲。在字音沒有聲調的民族中，是不會有這樣的唱法出現的。這類唱當然是「最具我華夏民族特徵」的唱了。這是很簡單的道理。

但是有兩點應該補充：

1. 如果沒有「詩言志，歌永言」這一淵源，這種唱法也是不會出現的。
2. 從「歌永言」演化到「依字聲行腔」有重大發展。在《尚書》的時代，

人們還沒有對語音四聲的自覺。所以這一時期的「歌永言」對字聲的模擬肯定是大致的、不很確定和規範的。到了「依字聲行腔」的「律詞唱」的字聲是人們已經有了對四聲平仄的明確體認，並且由文人在一種文體——律詩中運用了數百年，成熟為語音規範，有了平仄歸類，四聲語音音調走向有了清晰的把握，掌握了單、雙音節變化，還有韻腳的運用等等。這些字聲因素的複雜變化，又形成了一定的規則。如此演變成的律詞唱調一定是非常美妙的，而且是有了規範的，所以是高級形態的「歌永言」。這樣的唱，反過來又對文體——詞產生作用。

至於文章中所說的另一些歌唱如大鼓、彈詞等，雖然有某些「依字聲行腔」的因素，但其「字聲」並不是規範意義的「平仄」、「四聲」，其唱仍然帶有一定的隨意性，它可以影響歌唱的藝術方面，形成歌唱的民間色彩和地方風味，但不能影響和形成文體。至於「板眼有則、行腔格範的曲唱」，既是「詞唱」的延續，當不與曲藝類同。

三、「以文化樂」，文體決定樂體，文遠勝於樂

這一條關係到中國的音樂史和文學史。洛地說：

> 我國為詩文之邦，自古以來，韻文詩、詞、曲極其發達，無論
> 那個方面，包括體式結構發展高度方面，「文」遠勝於「樂」。在總
> 體上，歌唱中的「文」、「樂」關係，「文」始終是主，「樂」總是為
> 從，文體決定樂體。

作為一個講授過中國文學史的教師，我幾十年從來沒有對學生這麼講過，也沒有聽到和看到過別的文學史這樣講法，儘管我也曾時不時地提到「音樂」。今後，我如果還能站上講臺，在講授中國韻文史的時候，我會換成這種講法。我會告訴學生：

> 認為確定的平仄格律相應地反映了具有確定的音樂旋律……

云云，是一個「想當然」的誤解；

> 全篇有絕對確定旋律的定聲（的歌唱）……是要到 19 世紀末
> 20 世紀初西洋音樂傳入後才有的觀念和事情。

還會告訴學生膽敢對關乎數千年中國音樂史和文學史作如此結論者，是一位名叫「洛地」的先生。他自稱非「文界」中人，但是他比我們這些所謂「文界」中人看得更清楚，說得更準確。

過去我們並非不知道這樣的事實。在古代書籍的四部分類中，有關音樂的著作被分在兩類，說明它們分屬兩個不同的範疇：一部分在「經」部，基本是講律制，其中包含許多哲學觀念和數學計算，卻與審美意義的音樂無關；另一類在子部藝術類，比如一些琴譜之類，這個「藝術類」裏的音樂才比較接近現代的音樂概念，可惜數量很少。兩部類的音樂性質和地位是懸殊的。經是經典，是和四書、五經並列的。而「子部」中的所謂「藝術」，大致相當於「技藝」。詞唱如果歸類，當然屬於這一種。但它更加「低級」，根本不會編入「四部」之中，甚而至於可以說，不大會有人把它編成書。這就是為什麼現在我們找不到所謂關於「唱法」的文獻，至多只能在一些筆記文叢中去尋覓它的蹤跡的原因。沒有別的，因為中國人是鄙薄技藝，也鄙薄「伎藝人」的。至於唱法，是所謂「雕蟲小技」，為達官貴人所不屑，它不是讀書人的正經事業。文人懂音樂才能稱為音樂家，只懂得演奏和演唱的叫做藝人。可以說，這二者之間有一條鴻溝，這條鴻溝叫做「文化」。所以實在也沒有什麼可抱怨的。因為真正的民族藝術必有深刻的民族文化內涵。民族文化不僅有民族特色，更須代表全民族文化思想高度。這是只有文人才能達到的。文學（不含小說戲曲之類）則不同，幾乎所有做官的都是文人，而所有的文人都懂得文學，雖然文人也並不一定做得到官。

上面說的是音樂和文學的地位懸殊，地位的懸殊與其成就的懸殊互為因果。除上述字聲決定樂曲的旋律走向外，洛地還將「文體決定樂體」歸納為四個方面：

　　　1. 文體的「篇」、「章」、「段」等，必為樂體的「篇」、「章」、「段」等；

　　　2. 文體的「韻斷」處，必為樂體的「大住」；

　　　3. 文體中的「句斷」處，為樂體中的「頓」；

　　　4. 文體句中之「步」、「節」，為「唱句」內句字出口的疾徐、張弛。

這裡的關係大致上可以理解為：歌唱時一定要體現出文體的篇章結構。

這種關係的造成源自「歌永言」之「傳達文辭」的功能。由此不難看出「歌永言」傳統在中國影響之深遠。

洛地在全文結尾時提出這樣的觀點：「文」與「樂」因為關係過於密切，所以相互牽制，影響其發展的高度，因而只有分道揚鑣才能各自達到自身應

有的高度。筆者孤陋，似乎中國音樂和文學成就的全面比較從來沒有進入過文學史家的思考範疇。但在評價宋詞時，是往往會對「詞脫離音樂」持批評態度，認為大詞家蘇軾的詞作就是因為蘇軾不會唱，被批評為「以詩為詞」的。蘇軾會不會唱，他的詞作能不能唱，人們還有爭論，且不去說它。至少對「不能唱」的文學作品持批評態度是事實。然而這是違背文學的基本原理的。儘管這種「文」、「樂」結合的關係淵源有自，即「歌永言」的傳統，儘管在這種結合中文學總體上是「受益」多於「受損」的一方，但對文學的基本原理還是應當維護的吧。歷史是既成事實，不能說「應該」如何，但正確瞭解和認識它是必須的。

最後說說關於《「律詞」之唱》一文「不只是說了『一種唱法』」的另一層意思——關於學風和文風。

洛地在文中有一段感慨：

> 說起來，「詩言志，歌永言」等原應當是「文界」先生們最熟悉
> 的了，但是，紛說「詞與音樂」關係的眾多先生們，竟無一人提到
> 一句「歌永言」的！令人不能不感歎和驚詫——先秦漢魏晉、唐宋
> 元明清，說到「歌」而置「歌永言」於不顧，是不可思議的！

筆者並不敢以「文界」中人自居，但忝在讀過「歌永言」云云者之內，卻也是在涉足詞曲時「置『歌永言』於不顧」者。所以讀到此處，也有點坐不安席、汗涔涔下之感。

反躬自省，何以在讀「歌永言」之時麻木不仁，數十年來又在論及詞曲之唱時將它置諸腦後呢？我想從學風而言，有兩個問題：

1. 不求甚解。這裡說的「不求甚解」除一般的思想懶惰之意外，還指一種「各取所需」的態度。只舉一例：

當今學界（這裡僅指古代文學研究界）對「詩言志」一句還是重視和熟悉的，因為近半個世紀以來（特別是 20 世紀 50 年代）特重文學的政治思想傾向，曾將「思想內容」作為評價文學作品的第一（幾乎是唯一）標準，「詩言志」在語言表述上恰與之吻合，故斷其章而取其義，對「歌永言」一語，因其與思想內容沒有關係而被捨棄了，慢慢地不再被想起。

說起來，也與對古代音樂知識的無知和不關心有關。對「歌永言」大致只取其「傳達言辭的內容」，而對傳達言辭的聲調及其對詩歌的影響沒有思考過。對「聲依永，律和聲」則更加「高高掛起」了。

　　這裡我對洛地先生的一番「忠告」發一點不同的聲音。洛地在說了幾萬字關於「詞與音樂」的關係之後說：

　　　　進言各位詞學家，論詞盡可不必顧慮「懂不懂音樂」，因為「詞樂——詞唱」就依附於「詞體」、「詞作」。

這一番「進言」出發點看來是誠摯的，但總給人這麼一點感覺：「雖然詞和音樂有密切關係，但你們反正是弄不懂的。弄不起，躲得起。你們三十六計，躲為上計就是了。」

　　「反正是弄不懂的」倒也沒有覺得受到輕侮，因為這是客觀存在。筆者從讀大學時起，讀中國古代文學就不必懂古代音樂。但是中國古代的傑出文人偏偏是多才多藝，尤其是詩人，他們寫詩、詞、曲時當然是懂音樂的。我們要講解他們的文學創作，一不小心，不就踩在那個音樂「地雷」上了嗎？躲是躲不過的。就像洛地文中指出的那許許多多的錯誤，誰是有心犯過，又有意強詞奪理的呢？現在補課為時雖已有點晚了，但比不學還是要強吧？不然洛地先生又何必寫這四萬餘字，那《詞樂曲唱》二十餘萬言，又只是給音樂家看的？

　　當然最好還是對今天的文科學生加強素質教育，至少在學古代文學時，不要把本來是與文學密切相關的中國古代音樂撇在一邊。對於已經「為時已晚」如筆者之流，還是改正「不求甚解」的學風為好。

　　2. 先入為主。這裡所謂的「先入」是指的當代學者「首先」受的是西方音樂知識灌輸和唱法訓練的影響。任何民族文化都是在自己民族的歷史中形成。中國人本來尤其重傳統文化的繼承，稱之為「國學」。但不知何故，從上個世紀初，中國自己的（古代）音樂知識傳授幾乎完全終止，以致西方音樂理念和訓練全面覆蓋了華夏大地。西方音樂很科學，很先進，但它並不包含所有真理。然而卻成了我們的一道屏障，它把「歌永言」這樣的歌唱方法和音樂理念阻隔在我們視野之外。洛地先生的許多論說，我們或者聞所未聞，或者以為怪異難以接受，與此不無關係。

　　從《「律詞」之唱》中還可以向洛地先生的學風學習。首先是他的「求實」與刻苦。他用那麼大精力，找出那麼多的史證，不使自己的立論成為主觀武斷。並且他將「沒有」也當作論據，就像佛所說的「無，不是沒有」一樣。比如他說：

　　　　論家們說，詞作是先「有定聲」的「樂調」，然後「填詞」……

甚至更有作振振之言者，謂詞作是「按（樂）譜填詞」……可是，

直到現今，沒有發現一首詞作的具體唱譜，一首都沒有。

既然沒有發現一首詞的具體、完整的唱譜，就應該作為沒有譜對待。據我所知，人們對此往往輕淡寫地說：「年代久遠了，譜失傳了！」

不錯，也有這種可能。但是只要是存在過的東西，總可以找到一些蛛絲馬蹟。幾十億年前滅絕了的恐龍還找得到化石證明它存在過，數百上千年左右大量存在過的一種文體和音樂，就可以因為找不到證據而斷言它是失傳了，從而證明它不存在，而置有大量確鑿證據的相反意見於不顧嗎？

《「律詞」之唱》中還有一點反映出作者的學風──坦然指名道姓地指出自己批評對象的失誤。他措詞犀利，可能有些受批評者覺得刺耳。我覺得只要不屬個人恩怨，沒有人身攻擊，批評就是可取的，比不痛不癢的溫吞水要好。我非常欣賞學術文章中有作者的性情，像洛地在舉了姜白石的《長亭怨慢》「誰得似長亭樹。樹若有情時，不會得青青如此。……怎忘得玉環分付」之後，他用了這樣的語言：

這三個「得」，難道體現了什麼「清空」？再怎麼崇拜他，也說

不出一聲「好」字來。

這真是一片天真爛漫、赤子之心的表露。我向這樣的語言膜拜！

原載《浙江藝術職業學院學報》2005 年第 4 期

附：承教致語　洛地〔註1〕

拙文《「律詞」之唱，「歌永言」的演化──將「詞」視為「隋唐燕樂」的「音樂文學」，是 20 世紀詞學研究的一個根本性大失誤》，在《浙江藝術職業學院學報》刊發之後，引起一些反應，許多友人（有的是很年輕的）來信件、電信和電話表示了他們的看法，有的特地為此寫了文章，特別是謝桃坊先生、王兆鵬先生、姚品文先生、解玉峰先生。現謹將他們的文字（三位是文章，王教授是信件）向《浙江藝術職業學院學報》推薦、發表。

▲謝桃坊先生，四川科學院研究員，博士生導師。謝桃坊先生的文章《音樂文學與律詞問題》是和他的一封長信一起收到的，收到的日期是 3 月 13 日

〔註 1〕洛地，浙江省藝術研究院研究員，中國民族戲劇理論家、戲劇史家、詞曲史家、民族音樂史家。

（那時拙文還正在終校——我是將未刊稿寄給他的）。

謝教授對「詞」及與「詞」相關的如敦煌歌辭、明清時調小曲等都有極深的研究。他的《宋詞通論》、《中國詞學史》是兩部分量很重的專著，既承前人之得，又發前人之未明，在當今如山如林的詞學論著中佼然而出。他這篇《音樂文學與律詞問題》，是一篇對「音樂文學」及「律詞」種種，既提綱挈領又有具體證說的力作，對洛地「否定『律詞』為『音樂文學』」提出了正面的批評和論辯，非常值得認真一讀，特向各位推薦。

謝桃坊先生，他和我是二十年的老友，恰如他在文中說的是「從爭論開始」的摯友。當然二十年來，他對我遠不只是爭論，更多的是支持——學術爭論也是支持。謝桃坊先生，學風紮實、文風敦厚。他這篇文章，充分體現了他的這種極為良好的學風、文風——這正是我所不及的。在這裡，想藉此說句心裏話：洛地最近發了兩篇「點名批評」的文字（另一篇是關於「諸宮調」的），用語很有點尖刻。許多友人為此對我提出了批評。友人們的批評很對，而且被我「點名」的兩位都比我年輕，我那樣做更不應該。而謝桃坊先生文章中呈現出來的敦厚的文風，恰好與我的尖刻成為對比——讀他的文章（及他最近給我的兩封長信），深感這種「無言的批評」的嚴厲和可貴，我是非常受益的。

▲王兆鵬先生，武漢大學教授，博士生導師。我與王兆鵬先生未曾有機會晤談，瞭解不多，但聞名已久。他和曾昭岷、曹濟平、劉尊明先生共同編的《全唐五代詞》是編得很好的（我手邊有四部《唐五代詞》，平時查用的就是他們編的這部）。他曾獨自編輯《詞學通訊》，現在主持著《詞學研究年鑒》，踏踏實實、默默地為詞學研究做著事務性的服務工作。他在收讀了拙文之後，來了好幾封信（包括電信），這裡選的是其中手書的《一封信》，發信日期是4月21日，也就是讀了拙文立即寄來的一封。拙文對他們編的《全唐五代詞》提出了批評，他的態度誠懇、謙虛，很使我感動。

▲姚品文先生，江西師範大學教授，碩士生導師。姚品文先生，在讀拙文之後，寫了三篇《讀後》，這裡是第三篇，題為《「歌永言」——不只是一種「唱法」》。

姚品文先生，主課堂在中文系，對我國戲曲史、戲曲、「南北曲」深有研究。其《朱權研究》，堪稱獨步學界；同時又在音樂系上課，涉及我國古代音樂，如箏、（古）琴等，也很專業；因此，對我國詞曲之唱，有長時期的特殊

關心。姚品文先生，和謝桃坊先生一樣，也是二十年的老友了。因為浙贛兩地較近，又彼此使用電信，會晤、交談的機會比謝桃坊先生還多一些。記得在 1987 年，有一次姚先生問我：「詞曲怎麼唱？」我說：「隨便唱，你愛怎麼唱就怎麼唱。」她有些憫然：「我是很認真問你的！」我回答說：「我也是很認真回答你的。」從此就彼此琢磨樂唱，討論的最多的是：中西「文」、「樂」的異同。這次讀了拙文以後，寫了三篇《讀後》，不是偶然的。

姚品文先生的《「歌永言」——不只是一種「唱法」》，文中著重不在直接評說拙文的是非長短，而是看到拙文中有「比『詞是怎麼唱的』更其重要」的理論觀點後，提出自己的想法。

一、我國的一切歌唱以「傳達文辭為根本目的」。

二、從「歌永言」到「依字聲行腔」是最具華夏民族特徵的一類唱。

三、「以文化樂」、「文體決定樂體」，文遠勝於樂。

讀到姚先生的文章，真是很感動，也很感謝——四年前，姚先生曾經在一篇文章裏說：「洛地對學術的研究，並不僅是表達他對『華夏文化』的理念，更是傾注了他對華夏文化的情感。只要是他的讀者，不論對他的見解是否允可，都會受到這種情感的感染。」話真是說到了「底」。這，也是我曾多次表白過的：「只要是能引起『同學們，大家起來，擔負起民族文化的興亡』，哪怕我說的一切都是錯的，我的目的也就達到了。」姚先生，誠知者也。

特向各位推薦姚品文先生的這篇文章，希望有志者，考慮「詞唱研究」及「詞學研究」在民族文化這一層次上的意義。

▲解玉峰先生，南京大學副教授，碩士生導師。他是一位年輕的學者，知名學者俞為民、吳新雷教授是他的博士導師。他在南京大學不但教中國戲劇、詞曲，還教「曲唱」——和吳先生、俞先生一樣，不但是「曲家」，而且是「唱家」。近年來，在我國戲劇、詞曲方面發了不少文章，頗有新見，已露頭角。他讀了岳珍先生的文章和拙文之後，寫了一篇《「歌永言」：南北曲唱的根本特徵》，從「南北曲」的「曲唱」角度，辨析「歌永言」及其傳統和理論認識，寫得很切實，對現今理解所謂「崑曲」又有現實意義，特向各位推薦。

對上面四位，同時也對其他許多友人表示衷心的感謝——友人們、學界，對「詞唱」和「詞學」研究的關心，當然都不是對洛地個人的，而是對研究、建設民族文化的共同心願。

　　自從 20 世紀初，「詞為『音樂文學』」這個說法提出後，學界似乎立即出現了全體「一邊倒」的現象，洛地也許是對此懷疑的「始作俑者」。現在既已經回復到正常的學術討論，而且討論才剛剛開始深入，因此，對一些問題的進一步探討，待日後吧。

原載《浙江藝術職業學院學報》2005 年第 4 期

注詩寫詩寄深情——評陶今雁
《唐詩三百首詳注》及《今雁詩草》

一

　　最近，江西白花洲文藝出版社又出版了陶今雁的《唐詩三百首詳注》第四版。《唐詩三百首》是清人蘅塘退士（孫洙）的一個著名唐詩選本，數百年來廣為流傳，成為人們學習古典詩歌的一本入門書。文革期間，中華文明遭空前浩劫。動亂結束，廣大人民渴望、呼喚文化回歸。1979年江西人民出版社及時地推出了我省著名唐宋詩詞專家陶今雁的《唐詩三百首詳注》，受到廣泛的歡迎。十多年來，儘管為《三百首》作注釋賞析的本子不斷湧現，但《詳注》本卻年年重印，多次再版，長盛不衰，不僅普及到國內千家萬戶，且跨出國界，抵達大洋彼岸。現在第四版又面世了。一本古書的注本出版出現這樣的盛況，恐怕是罕見的，個中的原因究竟何在呢？我以為：

　　首先是廣大讀者的要求。現在人們常常慨歎商品大潮衝擊下，人們的物質欲望壓倒了精神追求。在某種程度上這種情況的確存在。但是《詳注》的暢銷告訴我們，情況並沒有人們想像的那麼嚴重，在華夏大地上，始終存在著對文化、對精神文明的渴求，一本好書不僅能滿足，而且能進一步引發他們這種願望與追求。否則這種不斷增長的銷量從何而來呢。書中幾版《後記》提到讀者來信的事實也證明了這一點。

　　其次是出版部門的敏銳和責任感。江西人民出版社不僅適時地出版了該書，而且在初版大量銷售的情況下並沒有滿足而止步不前。他們不斷敦請作者完善注釋，而且在三版時還增加了注者編寫的《近體詩格律簡介》作為附

錄。格律是唐人詩歌的重大創造，也是唐詩重要的審美特色，不懂格律就無
法真正領略到唐詩的美。所以「格律知識」是《三百首》讀者的必然要求。該
書這一附錄，無疑增加了它的知識性和實用性。與其他有關格律的著述相比，
本書的《格律簡介》有兩個特點：一是簡明易學，二是皆以《三百首》作品為
例，不僅便於檢索，而且與《三百首》渾然一體，沒有「贅疣」之感。至四版
時，出版社又有一重大舉措：以《今雁詩草》作為又一附錄。據《後記》說：
「近數年來，有不少讀者建議作者，將其讀《唐詩三百首》後而作之詩詞附
之於後。」讀者這一要求實為順理成章。陶今雁是我省著名詩人，幾十年來
有大量詩詞發表，獲得普遍讚譽。《詳注》的成功，與他豐富的創作經驗是分不
開的，也是其他某些詩詞注本難以企及的原因之一。他自稱學詩即由《三百首》
啟蒙，他的詩作無疑會引起《三百首》愛好者的興趣。現在各地詩社如雨後春
筍，學寫舊體詩詞的人越來越多，十分可喜。然而大多為初學，稚拙者多，大
家希望有所仿傚，《今雁詩草》正好滿足這一要求。作為《唐詩三百首》的一個
版本，將原本、注釋、格律知識和《詩草》配套成龍，稱得上一個系統工程，
也體現了出版社和責任編輯精益求精的追求和對讀者高度負責的精神。

再次是高質量的注釋。說到注釋，有人以為是件容易的事，看看書店那
形形色色的各類注本，好的固然不少，抄襲拼湊者也時有所見，反映出一些
人對注釋的輕率態度。古代注疏大家如《毛詩》「鄭箋」、「孔疏」，王逸《楚
辭》注。《說文》「段注」……差不多與經典具有同等輝煌價值，這是盡人皆知
的。而現代一個真正經得起推敲和考驗的詩歌注本也必然表現出注釋者音韻、
訓詁、歷史文化等全方位的深厚學養、紮實的考據工夫和敏銳的藝術鑒賞力。
《唐詩三百首詳注》如果沒有這些方面顯示出的高水平，便不能獲得專家學
者的認可。其注釋之詳博賅洽暫且不論，只說它對原選指錯糾謬的工夫就為
某些注本所不及。例如《再版後記》中注者指出《三百首》在作家排列中的許
多混亂。如王維時而列李白、杜甫之前，時而列在其後；將盛唐初的劉眘虛
竟列在中唐作家中間。這種不嚴謹的作風如不予指出，必然貽誤後學。《詳注》
在韋莊《金陵圖》一詩說明中對詩題進行了考辨，指出該題實為《臺城》之
誤。這類考辨往往是一本書學術水平的重要標誌。《詳注》還有一大特色，就
是處處有評點式的藝術分析。有些「說明」中的議論，見解獨到。由於注者語
言平實樸素，不經意的讀者往往將它放過。舉一小例；在李白《夢遊天姥吟
留別》的說明中說「天姥是一座小山」，看來極平常。殊不知不僅一個未到過

此山者指出這點並不容易，而且不指出這一點就不能充分論證李白浪漫主義想象。《詳注》受到普遍歡迎的另一原因是注釋的詳而明。《今雁詩草》中有一首詩談到他注唐詩的初衷：「名山事業望何曾，學淺才疏豈自矜？詳注唐詩三百首，只緣心在最底層。」可見他為初學者的良苦用心。一個注本兼有提高與普及兩方面之長，實是難能可貴的。

總之，迄今為止，《唐詩三百首詳注》在出版社與注釋者的共同努力下，達到了又一個新的高度。

二

陶今雁的詩詞多年來常見諸報端，筆者每歎不能窺其全豹，《今雁詩草》（以下或簡稱《詩草》）之出，終酬夙願。作者少年即耽吟詠，半個世紀所作無慮已及千首之外。《詩草》所選數量不多，大致因配合《唐詩三百首》之讀，多所刊落，特別是那些解放後與時事政治關係特別密切因而常為報刊選載的，反而大部不見。但也正因為如此，我覺得能從《詩草》認識到詩人完整的人格和創作個性，領略到他的詩歌真實的風貌。我願藉此談談自己初讀《詩草》後一點膚淺的心得，向陶先生和諸方家求正。

我覺得《詩草》至少具有下面幾個特點：

（一）時代的脈動，人生的觀照

陶今雁在總結自己的吟詠生涯時說過：「唯有吟哦終未廢，好留雪跡覓飛鴻。」（《辛未雜詩》）說明他是有意用詩來刻寫自己生命的年輪，而不是用於應酬或茶餘飯後閒情逸致的消遣。所以通過這些詩，我們能夠勾勒出詩人人生及其心理歷程的大致輪廓，把握住他隨著時代跳動的脈搏。這是一個繼承了幾千年來中國文人愛國憂民傳統，又緊緊隨著時代腳步前進的新一代知識分子的形象。

我將《詩草》分為三個時期：

第一個時期是 1949 年以前。青年陶今雁這時雖然時而「孟後」、時而「樓溪」、時而「北湖」，時而「石痕」，總在泥濘坎坷的田間小路上奔走，並對黑暗勢力的沉重壓迫發出過反抗的呼號：「朱顏無術長相駐，壯志難酬只自傷。魑魅阻途天慘淡，迷陽匝道地荒涼。溫風暖日何時有，排遣沉哀首一昂！」（《南昌歲暮》）但是他的胸襟是廣闊的。他把更多的關切投向祖國山河和人民的命運：「舉眼山河無限恨，南昌倭寇幾時休？」（《九日憶滕王閣》）「如此

傷心鄉國恨，何時雷電掃鑱槍！」(《端陽》)他為遠方一位不認識的姚名達教授被日寇殘害而痛悼：「願將俠骨拼倭碎，自有丹心共月明。」(《弔姚顯微先生》)對舊中國官府對人民的壓迫他也作了尖銳的揭露：「稅虎無情抽骨髓，財狼有道取人皮。飢寒路憋千家哭，穀滿官倉化作泥。」(《偶書》)儘管他貧病交加，求學無路，愛情受阻，幾乎看不到前途，但他從未放棄過奮爭和希望：「班超投筆何由遂，著意還將鐵硯磨！」(《石痕村書懷》)「窮途莫揮淚，忍死待河清。」(《有懷》)他呼喚著新時代的到來。

第二個時期從建國初到七十年代末。這是個由舊而新發生了翻天覆地變化的時代，也是一個劫難不斷、知識分子飽受磨折的時代。《詩草》選這一時期作品很少，其原因是不難想見的。貫串在這些詩中的一個主題：對新社會的熱情歌頌卻很鮮明：「兩岸有原皆種稻，群山無穀不藏鋼。」(《望長江》)「慘景早隨江水逝，涼風時送塞鴻翔。」(《國慶》)表現出新生活到來後詩人的一片歡欣。六十年代初期，一場飢餓和災難考驗著共和國和所有的人們。一些人開始懷疑思考，另一些人徘徊動搖，而陶今雁卻用「九州冬盡已春回，六億雄心不可摧。自力更生長發奮，前途誰傍大鵬飛！」的豪情來鼓勵自己和人民。詩人不是政治家，被隱蔽起來的曲折複雜的政治內幕他或許不懂，他只知道自己是：「鄱湖南岸小農夫，半路翻生讀死書。不是東方紅似火，我能真識幾之無？」(《答中文系諸同志》)由此產生的飽滿的政治熱情和獻身精神不難理解。回憶起「除夕門多催債鬼，元朝巷滿索糧官。阿兄背井心常戰，老母愁炊淚不乾」的昨天，對比，「風溫瘦雁蘇沉病，日暖哀鴻展健翰，電掣雷鳴天地換，山碉水塹敵仇寒」(《憶除夕》)的今天，他怎麼能不發自內心地熱烈歌頌這個時代，默默地與祖國人民以及大多數知識分子一道，承受種種磨難而艱難前行呢？即使在十年動亂，自己身心亦倍受摧殘之後，看到浩劫已結束，他仍寫出這樣的詩：「雪融大地歲更新，今轉東皇木向榮。江水生溫魚競躍，山花吐豔鳥爭鳴。甘霖物潤原無跡，淑氣催苗豈有聲？浩蕩春光常沐浴，涓埃何日答休明？」(《戊午元日》)詩人絲毫不計個人恩怨，只有對黨對人民的一片赤誠。這真是由舊社會到新社會的中國一代知識分子可讚可歎的品質。

八十年代初以來是第三個時期。這是我們國家的第二次解放。對知識分子來說，地位的提高與思想的解放使他們重新獲得生命。陶今雁的詩也發生了很大的轉變。生活天地拓展了，詩的題材更豐富、心胸更寬闊，思維更深刻、感情更濃鬱了。

這時期陶詩中贈人之作特多，與他交深而有詩作往還者大都是知識分子；他的老師、朋友、同事和學生。他在詩中刻畫他們的品格，讚揚他們的業績，敘述彼此間的友誼。這些作品是不能看作僅僅是個人應酬而與時代與社會無關的。想當年，知識分子無日不在挨批，哪裏談得上讚揚他們的業績和人品？一切人之間都是階級的敵、我、友，哪能隨意傾訴人間的感情？所以這類作品第二時期很少，即便有，也不可能真正暢訴情懷。這個範圍甚至還包括古人：陶潛、杜甫、柳宗元、王安石、況鍾……在大批封資修的年代，也是很難進入詩人筆底的。而今《詩草》向我們展示了這麼許多古今知識分子的美好心靈，使我們與之靈犀相通，在新文化的建設中結成一體，感到何等自豪！何等有力量！

作者的筆觸也開始伸向個人的日常生活和心靈深處。《丁卯仲夏小園雜詠》是一組風格清新的詠物抒情詩，它生動地描繪了日常生活的閒趣：火紅的石榴、清香的茉莉、磊落的絲瓜、囂張的葡萄……無不著上了詩人對生活和大自然的熱愛，以及生活情趣的豐富色彩。沒有這些，知識分子的感情世界不是顯得太黯淡了嗎？然而這類詩歌在第二個時期也是不會允許其存在的。《辛未雜詩》三十首可說是作者的自傳。它不再僅僅是憶苦思甜。它從對父母兄長的深情懷念，求學時「鄉親告密」、「插班偽證」等細節的回顧，解放後從登大學講席、到進「牛棚」、上井岡、返嬰城……百折千回，至「倦鳥知還」的晚年，仍在注唐詩、講杜陵，著述與教學，無日或止，其間甘苦酸辛的品味迴蕩在字裏行間。這不是一般的懷舊，而是對自己一生價值的正視與肯定，也是對一代知識分子人格與價值的正視與肯定。

（二）情真意切，性靈獨抒

詩是以情動人的文學，而虛假的感情是絕不會動人的。但自古至今無病呻吟或為文造情者皆頗不少。古有所謂專門「無端代人歌哭」（蒲松齡語）者，今人則往往因從語言格調上模仿古人而忽略了情感的真實。陶今雁詩卻非如此。他早年走上吟詩之路，就是出於自身情感渲泄的需要。他說：「早歲輟耕道路難，吟詩只為破愁顏。」（《贈帥新吾》）而到晚年：「啼鳩莫悲春去也，橙黃橘綠好為詩。」也仍然要用生命來歌唱，所以他的詩必然是抒寫自己的性靈的。在《贈吳流根》詩前小序中他說：「余以為次韻詩最易汨沒性靈，尤為初學吟詩者所忌。」他的詩中的確很少次韻詩。其贈人詩雖多，卻沒有那種純屬應酬的文字。所贈者非師、非友即學生，更可貴者，即使是初交，也不虛

與周旋。當然這首先是一個做人的態度問題，平時待人即能以誠以情，才能在詩中表現出真情。其次在寫詩時也有講究。如袁枚所說：「即如一客之招，一夕之宴，開口便有一定分寸，貼切此人此事，絲毫不容假借，方是題目佳境。若今日所詠，明日亦可詠之；此人可贈，他人亦可贈之，便是空腔虛套，陳腐不堪矣。」（《隨園詩話》卷三）陶詩中往往用幾句話來概括對方事業的成就和人格特點，同是自己的老師，黃耀先先生是語言學家，所以是「淵博鄭箋師獨議，精深黃學孰旁通？」（《哀悼耀先師》）程千帆先生是導師兼詩人，所以是「碩士南天爭立雪」，「彩毫揮灑賦千詩」（《呈千帆師》）。同是學生，對喜作詩的是：「晦明撩引吟哦興，想見追攀李白蹤」（《贈梅俊道》），對喜問難者是：「辛勤問道君心壯，勉強傳經我力窮。」（《懷鍾東》）這種因人而異的評價，表現了對別人的真誠理解與尊重，這就有了感人的基礎。再次，在詩中對對方給自己的哪怕是點滴的關懷與好意，總是感念不已，並十分生動地加以描寫。如：「慘霧愁雲掃不開，病床三見故人來……購買文魚奔曉市，傀貽陋室潤羸骸。」（《謝張姚伉儷》）「苦心製佳印，寒夜送柴荊。」（《謝萬建國惠刻印章》）學生對他的照顧，他更是動情：「微生多阨增君累，小圃權安減我憂。」（《贈王春庭》）「永憶扶傷依榻日，難忘合影看花時。」（《懷查清華》）懷同窗摯友鄧慶祐的幾首詩都寫得感人肺腑：「山中櫻樹撩新夢，湖上荷花憶舊遊。」（1976年）「南來一晤別匆匆，依舊相思夢裏逢。……歲月無情流電急，何時快意話離衷？」（1983年）「叢菊芬芳因我發，平生襟抱向君開。……明日雲山千里隔，歡筵無那舉離杯。」（1985年）對往日相聚時歡樂難撇難捨的追憶，對眼前「相見時難別亦難」心情曲折反覆的表達，幾可催人下淚，是真性靈者方能寫出的文字。另外對別人遭遇困厄、挫折表達真正的同情、關切與寬慰，也使他的詩格外感人。「羅隱長遭非學譾，孟郊暫屈豈才庸？西江自古多文采，京國於今重士風。」（《酬志璦》）「莫謂年光已遲暮，激揚猶可騁騏驥。」（《贈姚文》）這種關切與勉勵都有具體針對性，因而人各有異；不是空洞無物的廉價同情，所以能溫暖人心。這種關切並不僅出於個人間的友誼，它包括對世間仍然存在的種種不合理，特別是摧殘人才的現狀的批判，所以更具有現實意義，能使人得到啟發，受到教育。

（三）自然流麗、情采兼勝

陶今雁學詩由唐詩起步，終生治唐詩不輟，所以他的詩有唐人風韻，特別是杜甫的影響。《詩草》首章《秋夜》（1941年）就有《登高》的影子。但

他畢竟生活在現代，經過社會主義中國的時代洗禮，自有與杜甫不同的人生和詩歌創作道路。他學唐詩亦非亦步亦趨，而是從自我出發學習古人，因而形成了自己的風格：自然流麗，情采兼勝。他的詩自然流暢，以情感人，但又十分講究文采和技巧。下面這些方面顯示出他的一些特點。

1. 以情融景，含蓄有致

陶詩以抒情為主，很少在詩中說理，情景交融是常用的手法。他有一些寫景詠物的詩，自然清新，景物都被寫得很美，表現了他對自己家園、祖國山河和大自然的熱愛，同時也是為了襯托或反襯當時自己的心境。如1946年寫於北湖的幾首，山光水色都被寫得很迷人，但由於作者當時正處於生計艱難，有志難伸的逆境中，所以沒有一首是帶著歡快與閒適的心境去欣賞的。如「細雨淡煙痕不著，曠風空自弔蘇殊」（《到北湖》）、「淘山風景尤佳麗，可惜無閒著意哦」（《細雨》）。《雨中游淘山》在描繪了淘山美景之後以「北湖如艇春如海，我願朝朝泛海歸」，似乎是寫遊春之樂，且有幾分浪漫色彩，但返觀首聯之「牢騷萬斛一心扉」句，便知作者是帶著沉重的心去遊淘山的。結句的美好願望，正是自己不能常得此享受憤懣心情的表達。而到1956年寫的《三陽山歌》：「滿湖荷葉滿湖風，豆莢黃時花正紅。日夜湖風送香氣，村村如在萬花中。」詩中沒有一句贊辭，而輕鬆愉悅之情自然隨著湖風荷香飄散開來。作者更多的是直抒胸臆的詩。片斷景物描寫使感情表達得更加豐腴而委婉。如「柳線婆娑春淡蕩，荷香清遠月玲瓏」（《懷鄧慶祐》）全是景語，作者與同窗好友的情誼未著一字，使得到極動人的表現。比興的運用在陶詩中也很多：《偶書》：「少小長經世路艱，豈知頭白尚間關。探驪海底珠難獲，攀桂雲邊月易殘。茨藻滋培華閣畔，杜蘭埋沒野塘灣。西江自古金鱗湧，等是於今浪不翻？」幾乎通首用比興。它反映了部分知識分子未能得到知用令人遺憾的現實，有諷諭之意，但又氣度雍容，並不張牙露爪。其餘如「枉駕豫章施化雨，一如當日坐春風」（《呈國瑞師》）、「小燕沖雲從上下，輕鷗擊水信低昂」（《詠中國女排》）之類妙喻，《詩草》中俯拾即得。

2. 章法嚴謹而又靈動

《詩草》讀來大多自然天成，似信筆為之，實則十分講究章法，並非千篇一律，而是多所變化。如《故園》：「碧水芳林記未疏，故園還似昔年無？橋邊蘋底魚分子，宅北松間鳥引雛。爽氣千重生綠竹，清香十里散紅渠。久居綺陌如籠鶴，何日湖山返舊吾？」全詩以故園景物特色之「湖」、「山、為綱。

首聯「碧水」是湖、「芳林」是山；次聯「橋邊蘋底」是湖，「宅北松間」是山；三聯「綠竹」是山，「紅渠」是湖；尾聯明點「湖山」以總之，「返舊吾」關照「故園」。又如《庚午除夕題辛未春聯後作》：「少小雄心萬里賒，見聞依舊井中蛙。雖曾暫走荊湖路，終竟長羈贛水涯。三徑荒蕪餘菊蕊，一生風骨愛梅花。青陽默默催除夕，霜鬢題聯換歲華。」與前詩比較，都是結構嚴謹之作，但又頗不同。雖然同是回憶，但前詩只是表達對故園美好景物懷念與嚮往之情，而後詩卻是對自己一生的回首與感慨，內容深沉得多。詩題即突出時序以寄年光流逝的歡惋。首句「少小」，結局「霜鬢」即是一生寫照。少小「雄心」何如？而今「題聯換歲華」時多少「徒傷悲」的酸辛則在不言之中了。中二聯雖仍以時序貫串，卻各側一面：次聯以「荊湖」、「贛水」的地域變換濃縮一生的奔走辛勞，三聯則以「菊蕊」、「梅花」為自己性情與精神之標格。又如前面所舉《偶書》全詩比興，看似同類事物之排比，其實層層遞進，中間正與反，平與奇，對比關聯、變化多狀。限於篇幅，這裡不再詳析。

《詩草》中有規模不同的組詩幾組。組詩只要意思約略相關，並不要求結構上的嚴密。但是這幾組詩都看得出是經過精心結撰的。《小園雜詠》第一首寫遷居低樓於無奈中得以栽種花木遣懷，中八首分詠泡桐、月季、石榴、茉莉……不同花木不同性格的美麗帶給自己種種享受，末首仍回到小院蟄居的無奈心態。《辛未雜詩》三十首是對平生的回顧，所以大致是按時序排列，而作者又別具匠心，用平水韻上下平依次為序，既顯示了作者的功力，又使全組詩聯成一個整體。首尾兩聯無音序曲與尾聲。作者是江西人，又長期工作南昌，故以滔滔的贛水日夜奔流為首尾，既富象徵意義，又使全詩渾然一體。

3. 語言平易而工致

由於陶詩重以情感人，要使讀者覺得親切易懂，就要避免語言的生澀和過於典雅，但過於淺俗又失去了古典詩歌的風韻，降低了審美價值。如何將這二者結合好，《今雁詩草》是有許多經驗值得借鑒的。

（1）少用典和不用僻典

典故能言簡意賅地表達許多難盡之意，是古典詩歌常用手法之一。但有的作者為了炫博，「誤把抄書當作詩」（袁枚語），使詩與讀者隔膜，是《詩草》所不取的。陶詩對用典大致有如下做法：多數詩不用典，有些詩用一二典故，但不用僻典。如前所舉「海底探驪」、「蟾宮折桂」都為人熟知，完全可以用。又如「鯤游南海鱗成翼，人過延津化為龍」（《送盧和還福州》）、「不欣邵氏連

阡種，卻愧陶公戴月歸」(《端居》)，這些都算不上僻典。另外有些虛詞的吸收也使詩句變得生動活潑接近口語。如「今日無端歸去也」(《別北湖》)、「當日猙獰今已矣」(《弔姚顯微》)都有這樣的效果。

（2）律句精整多變

律句最易亦最難，舊日蒙課作過對句訓練的，都可寫出一些規整的偶句來，但要寫出豐富多彩富有新意的對偶佳句卻是很難的，故很能見作者功力。《詩草》中佳聯聯翩，且多種多樣，富於變化。如：「三年增汝累，沒世疚吾心。賴有青桐樹，終成綠綺琴。」(《贈王德保》)在一首詩中用兩聯極工穩的流水對，使詩意一瀉而下。上句用情景相生之「叢菊芬芳因我發」，下句不再關時令花事，而以直抒胸臆的「平生襟抱向君開」相對。意思表面似相去甚遠，而在深層內容上關聯；表面看不出對偶，實際對得極工，此類對句，置古今名作中，亦堪稱上乘。有的上下句都精整雅麗，如：「魂縈嶺表相思樹，夢斷襄陽墮淚碑。」(《誌感答志瑗》)有的則以現成通俗開生面，如「行軍新戰士，抗敵老英雄」(《贈帥新吾》)；有的上句示人以平易，下句則以生新引起聳動，如：「病中未探視，死後獨酸辛。」(《哀挽程維道先生》)「平昔羞爭利，終生子擁衾」(《再挽程維道先生》)。如再仔細探察，還可能發現許多不同類型。

最後再簡單談談《詩草》中的俊彩紛呈的絕句。有的清新飄逸，如：「桂香時節別匆匆，不覺梅花又戰風。料得從容歸去也，滿山應是杜鵑紅。」(《答中文系諸同志》)全詩以花代不同時令，又用「不覺」、「料得」、「應是」敘述心理過程，構思新穎，氣韻流動。「水鴿群群白，山楓樹樹紅，碧荷枯欲盡，黃菊傲東風。」(《湧泉套即景》)一句一景，用一顏色字，構成一幅相對靜止而又生機勃勃的水彩畫。「風似張弓雨似箭，遠山無影近完蹤。堅強唯有衝天燕，展翅依然舞太空。」(《燕》)豪邁雄健，而「橘狀圓圓橘味香，開花結果不尋常。知君贈菊深情在，友誼應如橘味長。」(《答友人贈橘》)則情致委婉。

《今雁詩草》美不勝收，增加了《今雁詩草》的《唐詩三百曾詳注》一書一定會贏得更廣大的讀者的喜愛。我想以《詩草》中的《晴光》一詩來描述這部書的歷史和未來：

> 暴雨威全滅，晴光滿大坤。稻黃千里路，荷綠萬家村。

原載《江西社會科學》1994 年第 9 期，署名遙岑

詩歌題材和詩人情懷的拓展
——評陶今雁《秋雁集》

　　我省著名詩人陶今雁已經出版了幾種詩詞集。最早公開面世的是《今雁詩草》（1994年百花洲文藝出版社出版），那是他應讀者建議將他讀《唐詩三百首》以來所吟舊體詩選了一部分，附在他編著的《唐詩三百首詳注》後面的。1996年該社出了他的《雪鴻集》。《雪鴻集》比《今雁詩草》大大地增加了篇幅，而且選錄了詞百餘闋。1998年夏，他的第三種詩詞集《秋雁集》又出版了（北京教育出版社出版）。這並不令人驚訝，因為這些年來他從未停止過吟詠。陶今雁的詩詞決不是幾十年如一日陳陳相因的，但它有一個基本的格調和風貌，那就是密切關切現實，把自己的命運和國家人民的命運密切聯繫在一起，也就是所謂的現實主義精神。筆者曾在1994年撰寫的《注詩寫詩寄深情》（《江西社會科學》1994年第9期，筆名遙岑）一文中比較詳細地談了《今雁詩草》的這一特點，提出陶詩（1994年以前）的重要特點之一正是「時代的脈動，人生的觀照」，即在他生平的1949年解放前、70年代末以前和以後三個時期內，不論個人有怎樣的遭遇，它都關注著國家的命運和社會現實。在詩集中塑造出來的這位詩人本人，是既繼承了中國古代文人憂國憂民的傳統，又緊隨新時代的腳步前進的新型知識分子的形象。

　　讀完《秋雁集》，它卻給人一種強烈的新鮮感。這種新鮮感主要不是因為其中有過去從來沒有入選各集的楹聯，也不是因為該集作品除少部分是因《雪鴻集》未選而補入的之外，主要是1995年春節之後的新作。認真讀一讀這一時期的作品之後，才發現《秋雁集》作品題材有了明顯的變化，這種變化才是使讀者產生新鮮感的真正原因。粗略統計，1995年以後的作品大量增入了

下列題材：

  1. 詠物，包括歌詠花草蟲魚及農作物等，近百題，二百四十餘首；

  2. 懷古、詠史，包括懷念、評論古代歷史人物、歷史事件和古代詩人的詩；約三十餘題，一百三十餘首；

  3. 憶舊，多為懷念故鄉景物或學生時代生活和友人的詩，約五十餘題，一百 0 幾首；

  4. 生活閒情，主要是個人和家庭日常生活情趣的詩。約二十餘題，三十餘首。

以上四類作品約佔了這一時期全部作品的五分之四強。這類作品在《雪鴻集》裏雖然也有，比例要小得多。我們不是「題材決定論」者，但題材與詩人的生活道路和創作思想是有密切聯繫的，而詩人的創作道路和時代又是有緊密聯繫的。對於早已形成了自己的創作風格和道路的陶今雁來說，這種比較重大的變化，是很值得研究的。

一

眾所周知，詩發自詩人的心靈，心靈離不開人的生存狀態。人是社會動物，人的生存狀態首先是食衣住行而和社會密切相關。一個貧窮落後的社會，自然會給廣大的人民包括詩人自己的生活和心靈帶來困苦，因此受到最大的關注。又由於政治是主宰社會的強有力手段，人們關心政治被理所當然地作為一種好的品質。一切良好的政治的社會的行為，最終的目的都是為了對人的關懷，而不是相反。人的生存狀態又是多樣化的，表現為物質的，也表現為精神的。人的心靈更是非常豐富的。也只有多樣的、豐富的生活才是美的。詩人，是美的發現者與創造者，他的心和他的筆，從多方面關心人，讚美人，給人以美感、信心和力量。《秋雁集》中，詩人正是在社會的物質生活已經和正在向符合自己理想的狀況發展的情況下，將注意力轉向了更多的方面，因而他的詩歌題材範圍便大大地拓展了。

下面我們對《秋雁集》中上述題材的作品作些具體討論。

先說數量最大的一類，這一類傳統上一般叫做「詠物詩」。從來的詠物詩都不是為了物本身，而是通過物來表達詩人的情感和美感。這種情感和美感的內容是非常豐富的，因而詠物詩也是多姿多采的。比如有些是明顯的託物言志的，這種詩《秋雁集》中也不少，比如：

　　魁梧挺拔入青雲，葉大聚清陰。不分地氣，不挑肥瘠，隨植便
　　成林。風沙防治為屏障，北國老農珍。書記訪貧，讚歎嘉樹，風格
　　自超群。(《少年遊‧泡桐》)

不僅下闋作者注明讚美的是人民的好書記焦裕祿，上闋的泡桐的形象也象徵
著焦裕祿的品格，這是一目了然的。還有一些並不指生活中的某人某事，但
也是將物擬人化了的寄託，比如：

　　喜爾凌霜花又開。不分寒暑送春來。四時常豔誠堪贊，豈似濃
　　桃半月顏？(《窗外月季》)

詩意讚譽月季凌霜而開，明顯是作者人格理想的表達。又如：

　　雁是忠貞鳥，終生不變情。南州有騷客，與爾共心聲。(《雁二
首》)

作者以「雁」自名，對這種鳥的忠貞品格情有獨鍾，曾反覆吟詠。忠貞是歷來
人們讚譽的一種品質，所以詩的積極意義也不難理解。又如：

　　今歲牽牛花放早，欣欣得地傍陽臺。去年秧子栽牆畔，卻比東
　　鄰晚月開。(《牽牛花》)

　　扶桑春日信咸葳，夏遇蟲傷葉漸衰。花色淡黃唯數朵，對之無
　　奈強吟詩。(《扶桑》)

這類詩表達的是作者愛花惜花的心情。花就是花，沒有什麼寄託。另一類如：

　　葉形似虎耳，由此得嘉名。莖紫貪伸展，石間猶鑽營。
(《虎耳草》)

　　一串紅如火，葡萄碧似珠。牽牛今歲早，喇叭上庭除。
(《小園即景》)

這類詩真正是詠「物」，物的顏色、形狀、生長狀態，描繪得惟妙惟肖。從這
類詩中散發出的氣息，真的像大自然的新鮮空氣一樣撲面而來。它們之中包
含著對自然物一片生機的描繪，表現出詩人對生命的熱愛，對大自然的欣然
嚮往，這是有普遍意義的。大自然對人類的意義，在今天生態被破壞到威脅
人類生存的地步時，我們才來關注，已經是太晚了。讓科學家對人們去講森
林、草地、水土保持關係人類生態的大事固然是必不可少的，而讓詩人和藝
術家培養人們對大自然的感情和審美態度，也許不無小助吧？我們如果還是
僅僅關注自然提供人的衣食的物質的意義，忽視它對培養人的美好心靈的作
用，我們也還是太短視，太淺薄了。這種短視和淺薄並不只是個別人無足輕

重的意念而已。記得五十年代的某年的一天，忽然說種花種草是「玩物喪志」，一夜之間所有單位和私人養的花大都被強令拋棄，所有城市的零星土地都種上了蔬菜。這種做法給社會的影響豈止是一時間毀了一些花木？它在一定程度上摧毀了人們愛美、愛自然物的心。馬克思把美育作為五育之一，不是沒有道理的。如果人們都那麼愛美，那麼憐惜生命，連花草都愛憐，他們還會對損害美的行為無動於衷嗎？如果我們大家都好好讀一讀和正確評價古今詩人們的山水詩、詠物詩，更多地將其中對大自然的熱愛和欣賞的情懷吸納，使之成為我們的民族精神的話，肯定是有積極意義的。一句話：我們應該從對人類整體關懷的高度，來看田園山水詩、詠物詩的價值。

《秋雁集》中還有大量的詠詩人自己種花果、蔬菜的詩。作者少年時代有過務農的經歷，在詩中曾經以「鄱湖南岸小農夫」（《答中文系諸同志》）自許。現在他也有一個方寸之地的小園，常年和妻子一起在園子裏種南瓜、絲瓜、大蒜、葡萄等。他在詩裏描寫他的春種秋收，表達他播種時的希望，遭遇災害時的煩惱和收穫時的喜悅：

> 黃花相映綠窗紗。點綴青山野客家。感謝螻蛄未來犯，簷前初著兩三花。（《苦瓜》）

> 秧多地窄不成行。南北東西土即娘。茄子翻栽花缽內，三株豆角傍南窗。（《栽菜雜詠》）

> 南瓜不著果，紡線兩三瓜。明歲俱停種，悉心培菊花。（《南瓜》）

有人會說，這不是真正的農民在耕種。不錯，這的確不是「鋤禾日當午，汗滴禾下土」那樣的艱苦勞動，也可以說只是知識分子的閒適風雅，如我們過去評價田園詩派的。但是否就因此而沒有社會意義呢？

也許陶今雁最初在小園裏種菜時並沒有想過什麼「社會意義」。當時的他只不過是一種消遣。但這種消遣能給他愉快卻不是偶然的，它給他帶來的也絕不只是身心的休息和放鬆。僅僅從這一點來說，他是講授和研究中國古典文學的，而作為中華民族優秀文學遺產的中國古典文學，是在幾千年以農業為基礎的封建社會裏產生的，儘管那些詩歌的作者大多不是農民，也改變不了它的總體性質。因此，沒有對農業生產和農民的基本瞭解，沒有對那個社會生活方式、思維方式的親近，就不可能真正接近那個時代的詩人的心靈和懂得他們的詩歌。時代的前進使我們遠離了那個社會，這是好事，但如果對那個時代的文學逐漸隔膜起來則令我們感到遺憾和無奈。從這方面說，陶今

雁親自參加一些農業勞動，且是以詩人的審美心態對待勞動，一定會覺得增加了和古代的詩人們溝通。當然這不是主要的。它們並不是也不可能是我們理解古人的必要條件。我以為更重要的是這兩點：對土地的親情和勞動愉快。它們的意義才是更為深遠的，甚至是永恆的。

人類是大地的兒子，土地是人類的母親。勞動創造了人類，還是人類賴以生存的基本方式。這是最簡單的事實。因此，對土地的親近，對勞動表現出的歡樂，是人類應該有的基本的情感體驗。但人類文明的發展，社會的進步，物質生產的豐富，在使我們不再為基本的生存條件發愁的同時，也使我們一天天遠離我們的大地母親，擺脫體力勞動，更是當前現代化運動追求的現實目標之一。對土地的親切感和對勞動的歡樂的感受日漸消滅，這到底是進步還是倒退？是人類的幸福還是不幸？現代化生產對土地的破壞的惡果已經是觸目可見的現實存在，人們不是已經發出了「我們只有一個地球」的呼喊嗎？關於體力勞動，則似乎還是一個遠離現實的遙遠的理論話題。但是並不是沒有人提出過。馬克思就說過共產主義社會的標誌之一，是人們把勞動做為一種享受。我們當前還很難把馬克思的理想具體化，陶今雁先生生活裏和詩歌裏的勞動也不能和共產主義社會相提並論，但在精神上應該說是一致的。他在現有的基本滿足的物質生活的條件下，以一定的體力勞動作為身心的一種享受，產生了愉悅、美感和詩情，並把它用詩傳遞給人們，可以說，這是一種精神上的財富。

二

詠史詩、懷古詩，是古代詩歌的大宗。這兩類題材相近，但多少有些區別。詠史詩偏重於客觀——史，懷古詩偏重主觀——懷。這兩類詩在《秋雁集》中都有，且比《雪鴻集》中大大增強。無論古人或今人詠史還是懷古，都是詩人當時自我心情的抒發，因而無不與詩人當時的處境和心境有關。所以同一題目，年青時和老年時寫出來是不一樣的。老年時寫來，會融入詩人畢生的智慧和人生體驗，因而會更加冷靜、深刻。這些大抵眾人皆然的。在這裡，我只想談談《秋雁集》中的另一類，即以《讀杜雜詠七十首》（以下簡稱《雜詠》）為代表的吟詠古代詩人的詩。從杜甫《戲為六絕句》開創「論詩詩」以來，這類詩很多，且有不少名作，如元好問的《論詩絕句三十首》。但這些詩多立足於發表一些詩歌主張或評論，對作者本人間或有評說，也是一星半

點的。而《雜詠》卻不是一般的對杜詩發表意見，而是全面詠贊了偉大的詩聖杜甫的一生。杜甫研究者成千累萬代不乏人，著作則汗牛充棟，罄竹難書，僅傳記即何止十百？也許是筆者孤陋，像《雜詠》這樣以詩的形式，並且是這樣大的體制規模，還沒有見到過。

《雜詠》七十首詩大體分為兩個部分，前五十八首有如一部杜甫的傳記，從杜甫剛剛踏上人生旅程始，至他在湘中舟上告別人生止，依次寫了杜甫生平的四個時期的重要經歷。杜甫的個人經歷和時代是分不開的，杜甫的詩歌和時代也是分不開的，所以被稱作「詩史」。《雜詠》正是體現了「詩史」的精神，將杜甫各個時期的代表作和他的生平緊密聯繫起來吟詠，成就了一部詩人的「詩傳」。《雜詠》於杜甫的漫遊時期比較簡略，只寫了一首詩。從第二至第十首，以《兵車行》、《詠懷五百字》等為代表，寫杜甫長安十年時期的艱難生活，更主要的是寫了杜詩中揭露玄宗的荒淫和安史之亂的背景，突出了杜甫對政治的關切和深刻的預見。第十一首以後結合《羌村》、《北征》、《留花門》、《三吏》、《三別》等大量名篇寫了杜甫在安史之亂中的遭際和他對戰亂的反映，突出了杜詩「詩史」的性質。

我想重點談作者詠杜甫漂泊西南時期的生活和詩篇的詩。它的數量達到三十首之多，表明陶今雁對杜甫這個時期的重視。這一點我以為是非常獨到的。過去人們在談論杜甫時，認為他漂泊西南的詩只是藝術上更加成熟了，思想上則比不上前兩個時期的詩，因為它們直接反映社會矛盾少了。這實際上也是文學史研究中「左」的思潮的一種反映。不錯，這一時期杜甫相對遠離戰亂，但他的生活並沒有脫離現實，應該說他的生活內容更為豐富了，他的人生和人格因而得到了多方面的展現，他的自我形象和豐富的內心世界也在詩歌創作中得到了更為深刻多樣的表現。陶今雁看到了這一方面，用了多首詩來吟詠他，而又特別突出的是杜甫對「窮民」的態度，這又是一種獨到。杜甫一生都充滿對人民的同情和關懷，但前後的角度是有所不同的。在以前的各個時期，他主要是以社會分析眼光，揭示出階級關係的對立，對被壓迫的人民作整體的觀察和描寫並表示同情，更多地體現了他的政治思想。例如《詠懷五百字》、《北征》、《三吏》、《三別》等及「彤庭所分帛，本自寒女出」，「朱門酒肉臭，路有凍死骨」等名句，無不如此。那時他個人也遭遇了飢餓和貧困，甚至是幼子餓死的悲劇，他仍然覺得自己是統治階級的一員：「生常免租稅，名不隸征伐」，並沒有把自己和勞動人民等同。但到成都之後，儘管

他從來沒有忘記過國家和人民的命運，他仍然時刻關切著北方的戰事和政治形勢，但客觀上他的地位和生活已經發生了根本的變化，已經徹底平民化了。他偶而做官主要地已不是為了實現「致君堯舜上」的政治理想，而是為了衣食。他的生活和感情離普通百姓更近了，他對勞動人民的關心具體到個體的「窮民」，帶上了明顯的人道主義色彩。例如他在詩中對無食無兒的撲棗寡婦生存權利被剝奪（《又呈吳郎》），老而不嫁的夔女的青春被摧殘（《負薪行》），甚至《茅屋為秋風所破歌》中發出的「安得廣廈千萬間」的呼喚，也是從自己和家人飢寒到夜不能寐的體驗中得到的。這已經不是僅僅著眼於眼前政治，而是表現出對人的基本權利的關懷。比起那些「詩史」性質的詩，這些詩的價值絲毫也不遜色。所以我認為《秋雁集》中突出杜甫的這一變化，是真正地全面理解和評價了杜甫的。

《雜詠》最後十二首，從不同角度和不同側面寫了杜甫的偉大人格和成就。比如杜甫對諸葛亮的崇敬，對李白的友誼，他的詠物詩的特點，他的新題樂府詩對後世的深遠影響，與前面的五十八首合起來，整體的《讀杜雜詠七十首》則有似一篇洋洋灑灑的《杜甫評傳》。

既然是「評傳」，用文章寫出來和用詩歌寫出來有什麼不同呢？用文章寫出來肯定更加充分，又有何必要寫詩呢？這當然是有不同的。我們說它似「評傳」，是說它有「評傳」的成分，而不是說它就是「評傳」。詩不是論文，這七十首詩如果說是「杜甫研究」，當然不能說是全面的。詩表達的主要是作者的感情。陶今雁一生喜愛杜甫，研究杜甫，學習杜甫，對杜甫有特別深厚的感情。貫穿《雜詠》始終的是對杜甫誠摯和深厚的熱愛之情，這種情感正表達了千餘年來中華民族對自己的優秀兒子杜甫的熱愛，也能夠激發起我們對自己民族的熱愛和自豪感，這就是《雜詠》的動人魅力和價值所在。

三

人們說老年人喜歡懷舊，這話不無道理，但生活中一些年輕人對此往往報以鄙視和不屑，以為是人老了遠離生活和現實發出的無聊的絮叨，這恐怕只能說是一種少不更事的幼稚。首先，老年是人生經歷和閱歷得到豐富積累的時期，這些積累就是知識，是精神財富，只是要加以重新理解。每個人對於他所經世事當時必然有認知和情感反應，數十年後在記憶中重新出現時，就好比是牛的反芻，那材料的營養價值才能充分發掘，得到利用。其次，遠

離現實並不總是壞事。距離近，與時於事，雖然看得真切，但也就有可能侷限於一時之感之見和切身的功利關係而缺少認知的深刻性和普遍性。於理性如此，於審美更加如此。

　　《秋雁集》中懷舊的題材涉及面很廣，最值得注意的是他對故鄉的懷念和青少年時代生活的回憶。在談到這類詩時，用對比的方法是頗有意思的。在《雪鴻集》中收有他部分從 1941 年到 1949 年寫的詩。那正是他的青少年時代，主要是在自己的故鄉範圍內。他的故鄉進賢在鄱陽湖之濱，是個美麗而富饒的魚米之鄉。但那時正值日寇侵略，國難當頭，山河破碎，在國民黨反動統治下，飢餓貧窮，民不聊生。他個人謀生無路，求學無著，報國無門，正在為一生的理想和前途苦苦掙扎。他詩中當時的北湖、石痕村、湧泉套、婆婆墳……，儘管是美麗的，但卻充滿憂患和淒涼，他的心情痛苦、壓抑，間或有憤激，但幾乎沒有平靜和快樂。如《雜詩八首》：

　　　　難忘鄱湖草色青。南山一點認曾經。連湖頓聽淒涼哭，竟夕忪忪未得寧。（其三）

　　　　弱質從戎愧未能，少年風日任飛騰。曹原樹與青嵐水，笑我心腸冷似冰。（其七）

數十年後再憶及故鄉和少年時代的生活，他的心情又是怎樣呢？《秋雁集》中有他 1995 年寫的《故鄉舊跡雜憶十首》，試舉其三：

　　　　遊覽新橋不計回。同窗薄暮此徘徊。荷風薰得人如醉，百種憂煩暫去懷。（《新橋》）

　　　　數月生涯不暫安。崎嶇前路強盤桓。多情感激彭湖水，時引愁人向遠看。（《三陽》）

　　　　滿湖菡萏吐紛紛。風送清香日夜聞。早歲訪朋常到此，今朝何處弔幽魂？（《江風》）

在這些詩裏，苦難已經退居其次了，對故鄉的美好景物和人情的回憶浮現出來成為主題。是不是隨著時間的推移，那些苦難被淡忘了呢？不完全是。主要是那些苦難在當時是現實的，詩人的心靈被苦難的現實壓抑，沒有被充分含咀和賞鑒；而現在，苦難已成過去，人也不能永遠沉溺在痛苦的回憶之中。那些美麗的景物，美好的人情，若干年後再一次來到詩人心中時，便壓倒了那些苦難記憶。故鄉、景色和人情本來是永恆的主題，因而此時仍然顯得那樣新鮮，那樣動人，而且由於它們曾經和苦難同時存在過，因而具有更加深

刻的內涵和感染力。這就是憶舊題材的詩歌的魅力。

由於篇幅的關係，《秋雁集》中以日常生活為題材的詩，我們只能簡單地說說了。其實這也是一個非常重大的題目。在高揚「題材決定論」的時代裏，寫這類題材的詩是要定罪的。像養小白兔，像修棕床，昨天發了一次頭暈，今天小孫女打來一個電話……，都是典型的「家常瑣事」是「喪失革命鬥志」的表現。可那是一種什麼樣的文學理論？那是一種政治上「左」傾，思想上幼稚淺薄的見識，也是完全無視人的生存價值的謬論。讀一讀《小白兔四首》：

> 余家贈白兔，盛意感衷腸。奶奶忙挑草，爺爺趕釘箱。
>
> 陶陶愛小兔，時刻在其旁。爭與婆喂草，終朝興會長。
>
> 可憐雙白兔，毛色亮如霜。昨夜教誰竊，疑猜是鼠狼。
>
> 白兔無蹤影，窗前但有箱。我原非曠士，鎮日總難忘。

詩中的確沒有多少深刻的寄寓，語言也很平淡。但是從這個得到小白兔又失去小白兔的小故事中，我們不僅感受到一個祖孫三代的家庭的融融之樂，還領略了一個老年知識分子的赤子之心。由此可見，在我們每個人的生活中，大量是平凡的事物，但在詩人心裏，它們都充滿了美感。詩人把它表達出來感染讀者，使讀者們也時時處處事事以詩的情懷去感知周圍的事物，他們自然也就會以美的理想去為自己和全人類創造一個美的世界。對於人，對於人類社會，還有比這更有意義的事情嗎？

《秋雁集》表明，詩人陶今雁的詩無論思想還是藝術，都有了新的發展，這種發展，既是胸懷和視野的拓展，也是詩歌水平的新的提高。詩人創作道路上的這種變化的背後，乃是時代的進步。

原載《江西社會科學》2000 年第 4 期

《寒梅集》序

　　陶今雁先生是一位詩人。雖然他也是一位桃李滿天下的教授和研究唐宋詩詞的專家學者，但是以他的個性言，我主要地還是把他看作詩人，一位真正稱得上是「詩人」的人。

　　我這樣說是不是僅僅因為他的詩寫得多、寫得好呢？他的詩當然寫得多，《寒梅集》已是他第四本詩集，加上佚的、刪的，大約有幾千首了。可是乾隆皇帝的詩有好幾萬首呢，在詩史上他並沒有贏得「詩人」的桂冠。有位學者說，陸游寫了上萬首詩，但是真正的好詩不到十分之一，如果除去這不過十分之一的好詩，陸游在文學史上，還能不能以大詩人稱名很難說。說詩寫得好的是詩人，則在邏輯上有點牽強，因為「詩人」乃是就「人」而不是就詩言。我說陶今雁是詩人，除了他的詩寫得多而且好之外，是因為他的人生與詩密不可分。詩是他的生命，也是他的生活和生存狀態。

　　說詩是他的生命，並不是誇張其辭。陶今雁先生曾因健康原因，幾次下決心停止「苦吟」（見《寒梅集》、《讀遠人書後賦》、《回首》等詩），我曾以晚清大詩人龔定庵屢屢「戒詩」而不成為例說他戒詩大約也很難成功。果不其然，此後他同以前一樣，一遇大小事，就激情澎湃，不由自主的提筆揮灑，欲罷不能，並不考慮它是不是影響健康和壽命。「戒詩」十數年，他又寫了上千首詩。我想詩癮成癖又何妨呢？也許正是詩情湧動，才使他的生命更富有活力；也只有在詩中他的生命力才得到了最充分的顯現。對詩有了這樣一份生死之戀，可算得是真正的詩人！

　　再說詩是他的生存和生活狀態。我讀陶今雁的幾種詩集，發現他的題材是那麼廣闊。首先是在他人生經歷的幾十年裏，有關社會生活、民族命運的

大事大都在他的詩中得到反映。三四十年代，他還是一個偏僻農村的小學教員，日寇侵略的兇惡，反動統治的殘酷等等都在其詩的視野之中。共和國建國後他懷著自身解放滿心的歡欣開始了新的生活，每逢歡慶的節日，重大的事件，莫不有詩。在某些人，寫這樣的詩也許是應景，也許是為了發表；而在他，是生活最重要的內容，是不吐不快。成為他的詩題的事物還有許許多多：大至於日月山河，小至於花草蟲蟻，歷史偉人，當代英雄，朋友之義，師生之情，家庭的溫馨，遊賞的歡樂，無不觸動他詩人的情懷。這許多題材表面看來也許是普遍的、共同的，但在他都是具體的和個別的。他在談自己的作詩三昧時曾經說過，他寫詩無一不是有感而發，無一不是來自生活的親歷和真實感受，都有具體的針對性。所以說他是以生活為詩的。我想請讀者讀一讀這本《寒梅集》中的一首詩：《破籐椅》。一把破舊的籐椅，在一般人，恐怕遠在對房子進行時尚裝修之前已經被不屑一顧地扔進了垃圾堆，但在陶今雁卻因為關係著一段難忘的生活經歷（也是共和國一段難忘的歷史）——知識分子下放，關聯著與老朋友楊國和的一份友誼，而對之傾注了無限的深情。這經歷，這情誼，一經詩化，可以引起多少人的感歎唏噓啊！

　　生活化成詩，還有另一種形態，陶今雁住宅的南面是一個兩丈見方的小園，他在寫作之餘，也「躬耕隴畝」起來。市場上鮮花數元錢一盆，蔬菜幾角錢一斤，他豈是為生活所需而受這份辛苦？只要看他詩集中那些詠窗前月季、小圃雛菊、南瓜大蒜乃至蚯蚓鳴蟬的詩作，就可以斷言：他哪裏是在種園？他是在用鋤頭作詩呢！這是詩化了的生活！成文字的生活是詩，不成文字的生活同樣是詩。雖然人人都有自己的生活，但只有詩人，是以詩情在擁抱生活！

　　除了生活，還有思維。詩人有自己的思維方式，詩的邏輯。詩人以心靈感受生活發而為詩，評論家以理性的邏輯去評判，也許會覺得與自己的認識與書本的結論相左。比如陶詩中用秦始皇、漢高祖、唐玄宗，都是立足批評的。的確有人以他們的歷史功績來責難陶今雁的偏頗，但那是把文學和歷史混為一談了。

　　這本《寒梅集》也收了幾篇學術論文，論文用的當然是理性的語言，論證和結論當然也是理性的。但是我敢說，文章在冷靜的理性闡說中，是燃燒著詩人的激情的。許多論題緣起於作者一生蓄積起來的對中國古代文學、文化、文學家的崇敬。比如郭沫若先生由於受極左影響，對杜甫不負責任的偏頗的指責，深深地傷害了一生研究杜甫詩歌，熱愛杜甫的陶今雁的感情，這

正是《不能低估杜甫愛國愛民詩的進步意義》一系列文章誕生的重要起因。所以學者的陶今雁也不是與「詩人」無關的。

　　以生命為詩，以生活為詩者，皆因了對生命與生活的執著。這種執著，不僅僅因為生活的美好，更多的也許是源於生活的苦難。美好，來自現實的生活，也來自悠久的歷史文化。苦難也是一樣。有人說苦難是人生一份難得的財富，是很有道理的。當然也要看是不是善於運用這筆財富。陶今雁早年生活充滿坎坷和磨難：日寇的侵略，山河的破碎，社會的黑暗，謀生的艱難，學業的無著，愛情的受阻；解放後生活變得光明，但也有十年文革的陰霾……這一切使詩人的情感世界變得豐富，變得敏感，變得激情滿懷，一觸即發，發即為詩。我想這也許是陶今雁先生在《寒梅集》中收進他的自傳的原因。

　　　　　　　　　原載《寒梅集》，大眾文藝出版社，2004 年

學林憶往

胡守仁先生與《魏叔子文集》
——紀念胡守仁教授誕辰 110 週年

　　胡守仁先生（1908～2005），原為江西師大中文系資深教授。今年是他 110 誕辰。我謹以此文表達對胡先生深深的懷念之情。

　　我不是江西師大的畢業生，學生時代沒有直接受業於胡先生。但自從來到江西師大，一直都是在胡先生領導的古典文學教研室從事教學工作。胡先生主要教唐宋及以前詩文，我則是教元明清文學，主要是戲曲小說，專業方面也不在他的直接指導之下。但是我深知自己學問功底不足，一直把胡先生當作自己的導師，經常向他請益。常常是積累了幾個問題，就要到他府上去求教一次。胡先生對我從不見外，總是熱情並盡力給予指導和幫助。求教之餘，有時就被胡先生留下來在他家就餐，親切更勝過師生之情。我曾經寫過一首詩描寫我對這種情誼的感受和對胡先生的感謝之情：

> 問疑頻造府，如沐三春陽。文稿彈優劣，佳餚勸品嘗。傳經施雨露，求學列門墻。誠祝千秋壽，長得被恩光。（《胡守仁先生新詩見贈奉酬》）

胡先生九十壽誕時，我的賀詩是這樣寫的：

> 八秩昂藏到九旬。青松不老百年身。文章字辨蠅書細，吟詠意涵時代新。心血澆成桃李燦，德行化作松梅馨。質疑日日趨庭府，自詡春風座上人。（《賀胡守仁先生九十華誕》）

這些都是寫實，也表達了我對先生的崇敬。

　　胡先生學術研究的成果很多，其中他主持並指導我和王能憲老師整理的

《魏叔子文集》及其過程，更使我終生難忘。

八十年代前期，李一氓同志主持國家的古籍整理工作，在全國高校徵集古籍整理課題，教研室開會時大家興致很高，報了不少江西作家如陶淵明、王安石、歐陽修、曾鞏等的研究課題，我們元明清教學小組沒有這麼大的作家可報，就報了一個「寧都三魏」之一魏禧的文集整理。過了些日子，批下來的消息說：「王安石、歐陽修這些大家不要你們江西研究。」結果只批了一個《魏禧集》。魏禧在文學史上雖算不得一流，但也是非常傑出的，是清初散文三大家之一，收在《寧都三魏全集》中的魏叔子詩文有 33 卷，但沒有現代整理的版本。

項目批下來了，教研室的老師因為種種原因又多表示不參加了。胡先生本來精於唐宋以前，對明清詩文並未傾注過心力，但在沒有人願意接受《魏禧集》這個課題的情況下，作為教研室主任的胡先生，只得帶頭承擔下來。以他的學力，當然沒有問題，但是與他當時自己的研究方向不一致，可說是額外負擔。但他沒有推卸責任。我教清代文學，本來責無旁貸，但我教學和學術研究重點是戲曲小說，對散文生疏得很，覺得力不從心。在胡先生的感召下，也表示了參與。不久以後王能憲老師從東北師大進修回來，也參加了。於是由胡先生領銜，三人組成一個《魏禧集》整理小組。胡先生安排我和王能憲初校，然後交換看稿，最後由胡先生審定。胡先生對著一本本黑糊糊、又被我們塗抹得難以辨認的底本複印件，認真仔細地審讀，一字一句，一個標點符號地斟酌，寫出修改意見。我們按先生的意見修改後，胡先生還要再一次過目，我們再次根據他的意見查閱版本，進行修改。大致如此反覆五、六遍，方才定稿。

當時給我們的經費與現在高校的「項目經費」不可同日而語——只有 300 元，用於複印底本，買了幾支彩色水筆、稿紙和夾子之類文具就用完了。後來追加過一次經費，也不過 500 元。胡先生對此沒有半句怨言，我們也不好計較。本來應該用省圖書館的康熙本作底本，但複印不起，只好複印系裏的道光本作工作本，而每天去省圖用康熙本校，最後則稱底本是康熙本。當時這些時間和工夫本可以大大節省，如果經費充足的話。

經過約五、六年，初稿完成，胡先生為書寫了序，在序中，胡先生對魏禧其人其文作了深入評述。用的是文言文。我孤陋寡聞，到今天為止，我還沒有看到一篇如此內容全面、見解深邃、文筆精妙的評價魏禧的文章。在整

理《魏叔子文集》漫長的過程中，胡守仁先生的高尚品格、敬業精神、學術風範給了我很深的教育；在做學問的態度和方法，以及對古籍的閱讀和整理古籍的能力方面，甚至可以說是受益終生。

中華書局出書向來極為慎重。《魏叔子文集》在編輯手中審閱了很久。1994年我也退休了，受聘在海南瓊州大學任教。1996年，一大箱書稿被中華書局編輯部寄到海南島，要求作最後的修訂。這時王能憲老師已去北京大學進修，我在海南沒有條件，只得辭去瓊大之聘，回到南昌獨自工作。這次得到江西省圖書館的支持，借到康熙本，作了一次細緻的校訂。當時胡先生體質下降，經常住院，不能長期看稿。多由我向先生彙報和請教。先生又寫了一首詩鼓勵我：

> 歸自海南省，專心為著書。會場見顏色，此日到寒廬。閉戶校魏集，滿行是墨朱。肯來就商榷，大可見心虛。（《姚品文先生見臨就商有關魏禧集問題》）

1998年，此書進入最後編輯程序，編輯讓我去北京定稿。臨行時，先生又惠詩一首：

> 校點魏禧集，三人始肇端。獨賞子從事，刻苦歲頻闌。早允付諸梓，今猶未見刊。垂詢北京去，約定始心安。（《姚品文先生為校點魏禧集出版事赴京以詩贈行》）

2003年，上中下三冊的《魏叔子文集》終於面世了。距離開始整理，時間已經過去了20年。聽到這個好消息時書還沒有拿到，胡先生立即又寫詩一首：

> 叔子文章天下傳，經千百世尚新鮮。校勘豈是論功地，附驥尾傳何幸焉。（《魏叔子集點校本出版喜成一絕姚品文先生吟正》）

詩中表達了他對多年付出辛勞終於看到成果時的心情：不是因自己立下了功勞而得意，而是為自己能附前人著作的「驥尾」感到幸運！這是多麼高尚的精神境界！

當我真正捧著新書交到先生手裏的時候，已是2003年，先生已經病重，他用瘦骨嶙峋的雙手握著不算太重的三冊書，已經沒有力氣翻閱，連表達自己的喜悅心情的話語也無法說出了。但我知道，他當時內心是非常激動的。

在相對不大重視古籍整理的那個時期，《魏叔子文集》是江西師大中文系最早進行的真正的古籍整理項目，也是那時江西省高校在中華書局出版最早為數不多的古籍整理項目之一。它是胡守仁先生給我們留下的一份珍貴遺產。

　　胡先生離開我們已經十幾年了。他對中國傳統文化的熱愛，對學術研究的敬業精神，對後繼者的言傳身教等，在他的一生中，也在這部《魏叔子文集》中，得到了永久的留傳。

原載《窗誼交流》2018 年 34 期

鄧鍾伯先生對我的基礎教育

鄧鍾伯先生曾經是我在江西師大中文系時的指導教師。我瞭解鄧先生的生平事蹟並不多，但先生對我的學術基礎教育，我是從來沒有忘記的。

1959 年，我從北京師範大學中文系本科畢業，被分配到江西師範學院（現為江西師範大學）中文系古典文學教研組擔任助教。當時，國內研究生培養大都還沒有開始，大學教師緊缺，從本科畢業生中選拔助教邊教邊學是普遍的。我們這一代人的古代文學基礎相對較差，而教古典文學，這種差距顯得更大。

以我來說，小學到初中，是在民國時代。那時讀四書五經的私塾已經沒有了。新文化運動後，中小學語文教材用的是商務印書館出版的教科書，其中古文量已經大大減少。課外閱讀方面，儘管我的家庭算得上「書香門第」，家中的書櫃裏有不少線裝書但當時父親也從來不要求我們讀古文。我們課外讀的是一些白話文新書，大些的孩子讀長篇小說《家》、《春》、《秋》，小些的就閱讀冰心、陳伯吹的短篇小說，或者《兒童雜誌》、《兒童常識》之類刊物。

1955 年，我考進北京師範大學中文系。前兩年，古典文學算重點課程，擔任教學的還是許多名師。1958 年，我們班曾經到北京遠郊沙河的一個生產隊勞動了一個多月。回校以後，教室的講臺沒有了，因為不上課了。我們這些大學生開始集體自編新的《文學史》教材。課桌拼接起來，學生分成幾個組，圍坐起來集體討論，分工編寫。每個年級只有一位教師坐在一旁作為「顧問」，解答一些知識性問題。

江西師範學院中文系安排我擔任元明清文學教學。第一學年主要是學習，沒有排課，第二學年開始上講臺了。當時對教師的要求是「又紅又專」，反對

「只專不紅」，而且大量課餘時間包括晚上還是政治學習和開會。

以我們這樣的水平，怎能承擔大學古典文學課程的教學？好在我的任務是元明清文學史，主要內容是戲曲小說這樣的通俗文學，原著的難度較小。就在這時，系裏給每一位新來的助教配備了一位老教師作為「指導教師」。我的指導教師就是鄧鍾伯先生，他對我的培養是非常認真、嚴格和具體的。

他首先是要求我讀古籍經典。他說：「一個古典文學教師，無論你教哪一個歷史階段的文學都必須要有國學基本功。現在要求你們熟讀四書五經已經來不及了。要打基礎，容易見效的是先讀這四部經典——《論語》、《孟子》、《左傳》、《史記》，每部書都要達到理解和背誦。」於是我從「子曰：學而時習之」開始，先學《論語》，接著是《孟子》。按照鄧先生的要求，每週先預習、熟讀，然後到他的宿舍上一次約兩小時的課。由我在預習的基礎上先講，再聽他逐字逐句深入解說。課後，就按鄧先生的要求自己熟讀、背誦。

除了學習經典之外，還要練毛筆字。我讀小學時鋼筆還沒有普及，是用毛筆的，但是我並沒有認真練過字，當了老師，板書的字可想而知。鄧先生說，一個中國讀書人，一定要把漢字寫好，尤其是大學教師，還是文科，字寫得太差怎麼給學生示範呢？所以，鄧先生規定我一定要鍊字。寫字要臨帖，鄧先生給我送來兩種字帖。一種大字是顏真卿的《多寶塔帖》。他說，現在鍊字學柳體、歐體者多，但他主張先要學顏體。顏真卿的字特點是「雄秀」。學了顏體，還可以寫其他的體。如果先學了其他字體，就容易受拘束了。他要求我每天至少寫50個大字。他還給了我一本小字字帖。帖名我已經忘記，只記得他說這種帖的主體字不適合臨摹，初學者會學壞的，但是它的序是另一個人寫的，非常適合臨摹，雖然不足千字，但已經夠用了。他讓我每天臨摹數百字。大小字作業每週交給他審查，過幾天拿回來，都有紅筆圈點。如此兩年多，我課堂上的板書字體有了明顯的提高。

過了一段時間，全校舉辦了一次青年教師自修的展覽，我提交的帶著鄧先生紅筆批改過的學習筆記和書法練習作業都作為展品陳列，得到了很多好評。歷史系的姚公騫先生對我豎起大拇指大為稱讚，說教文史的青年教師都應該這樣訓練。

可惜鄧先生對我的基礎訓練計劃只完成了一部分，《論語》、《孟子》、《左傳》的大部分。1965年，我被調到南昌二中，計劃終止。

我後來被調到外省繼續教中學，那時中學教材中的古文作品很少，書店

根本看不到古籍書本。但有一次我在甘肅邊遠的一個小縣城——靖遠的新華書店裏，發現了一部中華書局出的《史記》校點本，喜出望外，便用 10 元錢買來，按鄧先生指導的方法自學，只是沒有做到全文背誦。1980 年，我調回江西師院中文系繼續從事古典文學教學，而且還要進行學術研究，乃至古籍整理。邊教邊做邊學，又是 20 多年過去了，自覺功力相距仍然很遠。但如果沒有當年在鄧先生指導下打下的些許功底，以後的工作是很難進行的。

鄧鍾伯先生是江西新幹人。他曾說，他祖上並不姓鄧，而是姓李，是五代時南唐中主李璟、後主李煜的後裔。南唐被北宋滅亡於南都（今南昌）後，其一支滯留於江西。詳情不得而知。

先生 20 世紀 30 年代武漢大學中文系畢業，新中國成立前擔任過國立十三中的老師、中山大學教授等，後因故離職而失去教授職稱。我調回江西師院後去拜見鄧先生，大約是因為江西師院剛遷回南昌，住房嚴重不足，鄧先生住在一棟教學大樓一樓的樓梯間，狹窄而簡陋。後來在他的《丑枝詩稿》中讀到一首詩，題目就叫《梯間》，其中有這樣一些表述：「梯間作廬比且介，一似劉郎陋室隘。」「淵明蔽床一廬敗，子美茅穿雨侵唁。」「但願容膝求安戒，閉門補我學荒債。」……面對生活中的艱辛，鄧先生聯想到的是古代那些優秀的文人：陶淵明、杜甫、劉禹錫等，表示自己應該繼承他們的精神。

先生仙逝已經多年，但我相信還有很多和我一樣受過他教誨的學生，會記住他的教誨，並學習他的這種精神。

原載《一枝一葉總關情——江西師範大學史蹟補輯》第十二輯，
江西高校出版社，2020 年

附錄：學人評介

讀《王者與學者──寧王朱權的一生》

朱安群〔註1〕

　　姚品文研究朱權，持續工作二十餘年，已有四種著述問世，得到學界肯定。多年堅持，肯定碰到過很多很多困難，但她不但堅持下來，而且成果迭出，認識不斷昇華。2010 年她的《太和正音譜箋評》在中華書局出版後，得到學界的好評。現在第四本書《王者與學者》（下面簡稱「新」書）又面世了，這本新書銓敘朱權生平，刻畫出了一個勵志篤行、奮進不息的人，一個適應環境、能伸能屈的人。借琴曲意象來表述：朱權體現了「秋鴻」精神。既能「志凌雲漢」，俯察萬類，又能忍苦耐勞，翱翔千里；既可「顧侶呼群」，嘹嘹嚦嚦，又可孤鳴獨嘯，聲聲驚悚。也許是受了朱權薰染吧，姚君著述也折射出類似傳主的個性和毅力。《孟子・盡心上》：「有為者譬若掘井，掘井九仞而不及泉，猶為棄井也。」姚君是「有為者」，不但鑿出了井，還不斷掘進，越掘水質越純，以至「泉冽而味甘」。為讓讀者理解姚君著書的鴻鵠之志，下面分幾個小標題作些說明。

一、自我加壓

　　1993 年，《朱權研究》出版，填補了一項學術空白。她自我加壓，2002 年，《寧王朱權》問世，研究範圍拓寬，成書規模擴大。《寧王朱權》分三卷，第一卷「朱權評傳」，二卷「太和正音譜述評」，三卷「（朱權）文獻資料匯輯」。她沒有止步，繼續加壓。在第二卷基礎上，以古籍整理和學術研究結合的方式撰成專著《太和正音譜箋評》。接著又擴展第一卷。說是擴展，實類重寫，

〔註 1〕朱安群，江西師範大學文學院教授，碩士生導師。

面目已不同於原來的「朱權評傳」，於是易名為《王者與學者——寧王朱權的一生》，這就是我要評介的「新」書。經廣泛搜求（包括瞭解臺灣學術動態），發現了新出文物，發掘了很多史料，書的內容更加豐富充實。《寧王朱權》敘及的朱權著作只 70 餘種，「新」書中接觸到的有 110 多種。新材料的發掘增加了對朱權的認知，如新增《難得的兄弟小聚》一節，表現朱棣與朱權處理複雜微妙兄弟關係的政治智慧；《寧王朱權》中對到南昌後朱權與朝廷的關係是籠統言之，而新書新增了《與朝廷關係》一大節，分別介紹了寧王與洪熙、宣德、正統既是君臣又是祖孫關係的不同狀況，內容翔實，分析細緻，條理清晰，既突出了它在朱權一生中的不同意義，又剖析出封建皇朝中政治與宗族關係的複雜狀況。學道是朱權人生的重要側面，歷史家們幾乎一致從政治角度，斷定其為朱權到南昌以後，為「韜晦」而採取的行為，而新書提出，從寫於永樂十八年的《救命索》就知道，朱權在大寧時期就遍訪道教高人，於是「新」書裏增寫了《學道訪道》一節，使人們能夠全面準確地瞭解與評價朱權學道。從《西江詩法》得知朱權對江西地方文化關注、激賞和扶持。從《天皇至道太清玉冊》更看清了朱權崇道、尊儒、排佛、攘夷的傾向，加深了和拓寬了對朱權「道」的內涵的認識，改寫了「道家思想與信仰」一節。又發現朱權手製香爐瓦硯琴院的史料與實物，養鶴飼龜蒔竹養花乃至醃製瓜菜的材料，從他思想、行動的世俗化、平民化、日用化傾向中，不但更全面的反映了朱權的道教生活，更看到了他與儒家的某些不同和向墨家的靠攏，拓寬了研究者思維的領域。

前幾種書留下了一些疑點和困惑，如王府所在的大寧究竟何在，朱權文字中屢屢出現的「塗陽」與大寧什麼關係，不得確解就成為理解朱權經歷、心態的攔路虎。尤其是朱權何以迴避大寧而往往以塗陽代之，更是一個歷來不為人注意，姚品文卻因長期不得其解而耿耿於懷的問題，現在她從古代地理志、古人詩詞以及寧城博物館提供的圖片中，得到明確認識——「塗陽」即大寧。如此，朱權迴避「大寧」而代之以「塗陽」的心理原因和政治原因也就迎刃而解了。朱權對大寧的感情、對靖難之變中失去大寧態度，不改變「寧王」封號的原因等一系列問題找到了答案；對朱權的理解也就更準確、更深刻了。書的前言寫道：「重大或點滴知識的補充和更新，是從大量文獻中搜羅爬抉出來，經過艱難的思索以及與當代學界交流所得，來之不易。我希望向學界和公眾把它們貢獻出來，如鯁在喉，不吐不快。」越是深入瞭解朱權，越

覺得他有研究的價值，有史鑒的意義，反過來又成為姚品文自我加壓努力治學的驅動力，而要把學術成果奉獻出來則是一種社會責任感。

二、自主思考

常常見到辭書對「寧王」的介紹是「永樂元年徙封南昌，後廢為庶人，自號臞仙」。朱權何時被廢為庶人，全無依據。又如說朱權大寧之變「失敗後即一蹶不振，抑鬱終身」。分明有很多文化成就，卻說他一直「消磨時光、蹉跎歲月」。他在政治失意以後，恰恰不是灰心喪氣，而是改弦更張，投身文化建設，體現人生價值，怎說「一蹶不振」、「鬱鬱以終」呢！姚君對這種人云亦云，誤導讀者的現象敢於說「不」，她下定決心開展朱權研究，和廓清籠罩在他身上的迷霧有很大關係，在學術探索和拷問中不隨人俯仰，表現出獨立思考自主評議的魄力。全書進行學術辨析、標出「我認為」、「我推測」、「不敢苟同」的地方俯拾皆是。

例如燕王曾許諾「事成，當中分天下」，現在有的書竟把朱權當三歲小孩，說他「做著分天下半的美夢」，結果朱棣食言，朱權滿心怨恨全出於未得到半壁江山，姚君明確提出異議。又如明姜清《姜氏秘史》謂朱權改封之初桀驁不馴，與朱棣對立。朱棣一怒，寧王就夾著尾巴溜到南昌，不符合事實，姚君引據給予駁斥。

值得稱道的是關於《秋鴻》作者是誰的辨析。《秋鴻》是載於朱權纂輯的《神奇秘譜》卷末一支長達 36 段的大型琴曲，其前其後的琴譜也多有收錄，因而曲的作者有爭議。有的認為是朱權，有的認為是南宋著名琴師郭楚望，或說是宋代浙派徐門傳譜。姚君在和持不同主張者商榷後指出，宋元間可能有過《秋鴻》曲，但彼《秋鴻》不是此《秋鴻》，斷然認為這組有 36 段的大型組曲，著作權屬於朱權，其主要依據是朱權自己曲前解題和《秋鴻賦》。解題說是「達人高士」取喻於秋鴻「而作是操」，是以高士自託、以秋鴻自喻抒發身世之感和高懷遠志。《秋鴻賦》自問「製作者其誰」？答「乃西江之老懶，誠天胄之詩狂」。江西天胄，非寧王朱權而何？又在《神隱》一書的版刻中，加有「天全老懶」一印，這等於朱權白紙黑字給自己署了名。又分析該曲 36 段標題及排列和朱權由大寧到南昌的經歷、處境和心境非常吻合。秋鴻時而遭遇風暴，「風急雁行斜」，「驚霜叫月」，時而發生內訌「爭蘆相咄」，時而為躲避攻擊而「銜蘆避弋」，都使人聯想到靖難之役對王室兄弟的衝擊。另，嘉

靖間楊表正《琴譜大全》收有朱權的《秋鴻》，並寫了解題：「琴道之大者，莫過於《鳳凰來儀》、《廣陵散》者。古大操以下，亦彌至於傳而罕聞。然《秋鴻》之曲，乃臞仙（朱權別號）體二曲之意而作。」這些都是鐵證。姚君寫道，據此，我對《秋鴻》琴曲及《秋鴻賦》是朱權的自況深信不疑。認定這一點不僅是為了認定朱權對《秋鴻》的著作權，而有更深刻的意義：朱權一生著作很少表達對眾兄弟的情感，對影響兄弟情的靖難事變更採取極端的迴避態度。但《秋鴻》是他用音樂寫到靖難中的兄弟命運，並流露真情的藝術作品，是我們瞭解朱權內心世界的一扇難得的窗戶。後來姚君發現又有人根據琴譜版本考察，認為朱氏琴曲是以原宋派徐門琴曲為底本而加以整理擴充的。姚君將此說寫進書中以備一說，但仍保留了自己原來的意見，供讀者思考選擇。這是科學的態度。對此我認為應該抓住兩點不動搖，一是朱權說明了作者是西江老懶，天潢貴冑，非自指而何？二是《太和正音譜》中《秋鴻》琴曲分 36 個段落安排，與朱權身世、經歷、處境、心情非常吻合，把秋鴻作為審美意象，寄寓他的人生感慨和生命領悟，做了比較大的改編，不能算是剽竊。應該斷然認為《秋鴻》是朱權的作品。姚君既引入不同意見，又把自己的主見或結論亮出來，不躲躲閃閃，不含糊其辭，表現了學術上的自信和擔當。

姚君有主見，但絕不主觀，沒有什麼標新立異的玄虛理論，他所遵循的基本準則就是普遍人性（或人情），人是有血肉的，書中寫亂殺人的朱元璋，並非只講政治利害，也有父子親情。人是天使和野獸的結合體，在皇家權鬥中時有表現，明代前中期尤其典型。父子叔侄不相認，兄弟骨肉相殘，演出了許多人間慘劇。矛盾稍微緩和，他們又注意彌縫裂痕，羞答答地保護那天然尊長、溫情脈脈的紗幕，不輕易撕破臉皮，不忘記「親親為大」的古訓和「屏藩王室」的責任。如何處理皇室權謀與親情的矛盾，始終貫穿在書中，激烈爭權奪利和努力保護既得特權交織著進行，清官難斷家務事，姚君敘述事件過程，介紹不同人物心態，評說成敗利鈍，很能掌握分寸。例如朱權的反對削藩不同於朱棣的反叛；親情有時會左右歷史，朱允炆曾不顧親情實行削藩，此刻又因顧忌親情而失去勝算，朱棣則一旦決定拋棄親情就義無反顧。姚君區別對待這些差異，很見水平。

三、自由抒寫

安排章節，運用語言，毫無八股氣。章目基本上用四字句，各節標目長

短不一，節下細目，二、三、四、五項不等，有多至七目、十目者，有不分細目者，行文更是有話即長，無話即短，真正做到了自由書寫。一般評傳，在傳主生平之後，再列出政治社會思想、哲學思想、文藝思想、學術成就、地位和影響等，分別予以論述，有的還要探源討流。這樣寫的缺點是敘述和評議容易割裂。姚君的寫法是把兩者結合起來，可以叫「傳論」或「敘論」。如在《道家思想和信仰》中寫他的主流價值觀和哲學思想；「中和」表現他的社會理想、美學理想；《史學研究與著述》不但寫了它的史學成就，還接觸到他的政治思想；《著作散說》則講了他的文藝觀和創作成就。行文縱橫結合，以敘述生平為主線，以點評方式夾敘夾議，在某些重要的橫斷面上展開評說，間亦抒情，往往成為點睛之筆。例如：

談及朱權兄弟的關係有云：「朱棣對朱權得到的優良軍事配備，豔羨之心或者有之，但說他早因覬覦而生算計之心，則無根據……後人史論中常常因為有後來的靖難，而得出他們從來就是（處）在權位與利益爭奪的衝突之中的認識，是一種簡單化的歷史觀。」辨析朱權迴避參加朱棣「即位大典」時指出：「朱權缺席，迴避了對朱棣篡奪行為的正式表態——支持或者反對。」因為朱權深知，「靖難成功，他肯定得不到與朱棣相同的利益；而失敗了，卻一定都要受到相同的審判」，「此時離開，可以減輕朱權的罪責。朱權肯定願意早點抽身」。所以「實際情況不是朱棣趕走朱權，而是朱權不願參與……而朱棣表示了諒解和支持」。這表現了「二人的政治智慧」。

這些分析都入情入理。更有極富抒情味的文字，如《難得的兄弟小聚》：「諸王兄弟到了藩國之後，是不允許同時進京的，平時也不許相互來往，以避免兄弟間結黨拉派。這一次，在這場血與火交織的大事變中，都被召到了京師。可以想見：他們相見與相處的情形，一定是酸甜苦辣，百味雜陳。……骨肉同胞，自相殘殺之餘，應該更能體會親情的可貴。但他們都處在這次政治地震的中心……言行更要小心謹慎。相互之間不可能、也不允許有多少交流，更談不上同享天倫的快樂。這時他們肯定會羨慕那些平常老百姓。」把這種「帝王家，兵戈鬥，血肉飛濺；宮廷裏，爭寵幸，苦辣酸鹹」的情況和「百姓們，閨房樂，如花美眷；父子兵，親兄弟，打虎向前」來對比一下，確實會讓人產生「願生生世世勿生帝王家」的感歎。這既是歷史經驗的總結，又是人性人情的概括。如果把全書比作一個大曲，這些點評和抒情就是華采樂段。

四、自強不息

　　把一個被人們模糊地認為失敗以後「一蹶不振」的朱權，清晰地確立為「自強不息」的朱權，是姚君新書的突出亮點和主要收穫。認識上的跨越也是她學術上自強不息的結果。人物活動離不開歷史背景，但僅靠空闊的背景烘托人物，只能投射出一個輪廓。接觸朱權以後，姚君深感過去加給朱權的「蹉跎歲月」、「抑鬱以終」的鑒定，不但空疏且與事實相距甚遠。由此他盡力搜求材料，在掌握材料、分析事實的基礎上尋繹傳主在複雜尖銳的現實矛盾擠壓下走過的人生道路，認識他在血與火的洗禮中形成的特殊性格。靖難之役是影響朱權命運、性格、心理的關鍵性事變，姚君就抓住其中政治與親情的錯綜糾葛並向前後延伸來敘述他的全部人生，勾畫他由武將立功逞威到文士立言不朽的心靈軌跡，詮釋他「神隱」以遂其志、「蠖屈」以求其伸的堅韌性格。「新」書依然把朱權生平分為兩個階段，但對傳主的心理、性格的發展軌跡和本質特點理解得更清晰而深入了。這本質特點就是「自強不息」。

　　靖難之變沉重打擊了他「屏藩王室」的信念，但也讓他擺脫了政治軍事承擔，一般人會灰心喪氣，而他卻把精力轉向了文化研究，學術著述，他對地方文化的熱情扶持，對平民生活的細緻關注，懷著對生活的熱愛參與實踐，都表現了積極自強的人生態度。書中指出，他的學道，也非消極退避，而是把道作為宇宙本原，追求「天地與我並生，萬物與我為一」的精神境界。他保持心靈的高貴和精神的自由，是以人世的污濁紛擾為對立面的。老莊主張一切順乎自然，把人類社會的道德倫理法律規範都看成是罪惡的淵源。朱權的奉道，明顯帶有憤慨世事、批判現實的意義，這種人生觀肯定是積極而非消極的。許多人都用「韜晦」概括朱權的後半生，而且只看到消極的「晦」，忽視了「養晦」中的「韜光」，即壓抑中醞釀反彈，隱忍中懷有鴻圖遠志，無疑失之偏頗。而在姚君的天平上，朱權的分量並不比朱棣差多少，只不過一個「戴上了皇帝的冕旒」，一個「獲得了文學家、音樂家和學者等桂冠」，是不同領域的「王者」，同樣體現了人生價值。朱權這種奮發上進的性格，是和朱元璋防止「金枝玉葉」們恃寵而驕，要求他們接受「忍飢餓」、「服勞事」的訓練分不開的。對照當今離退後感到失落空虛的官員、對照只知炫富拼爹的富二代、星二代，「新」書提供了一面鏡子。姚君寫道：「為什麼大家都說，在現行的應試教育制度下，中國產生不了大師級學者和科學家？因為我國現行的應試教育，改變的不僅僅是學生的知識結構，改變的是幾代青年人的人生追

求、思維方式和個性。」寫出朱權的追求和性格，反觀幾代青年人缺乏人生價值追求，理想失據，精神滑坡，不能不引起我們對現行教育制度神聖憂思。

為朱權立傳，上起朱元璋，下到朱奋，幾乎成了有明一代的半部歷史。其意義就不限於理解一個人，還能比較全面地展示明初宗室內部複雜而微妙的關係。推而廣之，對歷代宗室內部明爭暗鬥的研究與剖析，也可以從這裡得到不少聯想與啟迪。銓敘朱權生平，勾畫出他從王者到學者、從威震邊域的武將到立言不朽的文士的人生道路和心理軌跡，其意義也不限於在學術上填補空白、提供史鑒，更在於在當前價值體系紊亂、信仰失據的情況下，對人們如何確立愈挫愈奮的人生觀，防止精神滑坡，有重要的啟示作用。

這就是「新」書深刻的社會現實意義。至於對文學界、音樂界、戲劇界的學術意義，就不待我說了。

原載《書品》2013 年第 4 輯

發掘歷史文化的內涵
——讀姚品文先生新著《寧王朱權》

周興發〔註1〕

中華民族的歷史文化，輝煌宏大，源遠流長。努力發掘歷史文化的豐富內涵，對於瞭解過去的優秀文化，創造未來的新文化，對於提高民族自信心，增強凝聚力，都有著極為重要的意義。

姚品文先生新著《寧王朱權》最近由藝術與人文科學出版社出版。作者在發掘歷史文化內涵方面作了不懈的探索，付出了大量心血，並取得了可喜的成果。著名學者蔣星煜先生稱該書是「不同凡響的力作，其學術成就，堪稱為世紀之交戲曲理論研究的一大收穫」，「可以說是迄今為止我所看到的唯一較完整的朱權傳記」。著名學者洛地先生則說：「姚品文先生研究朱權可稱『海內獨步』」。

朱權（1378～1448）是明太祖朱元璋十分鍾愛的第十七子，封在北方邊塞大寧，封號寧王。他成了揚威大明北方邊陲的一位軍事統帥。然而，數年後，他的命運發生了重大轉折，永樂元年到了南昌，住了大半輩子，在郊區西山隱居學道並從事著述，成了一個道人兼文人。著名畫家朱耷（1626～1705），號八大山人，是朱權的八世孫。

姚品文先生在《寧王朱權》中說：「任何人若能對後世有所傳留，是在於他們創造出來的那些成果，而不在於他們曾經怎樣生存。但若是對其人之生存狀態有所知，則必然會加深對其成果的認識和理解。」這段話說得很好，頗有哲理性。她接著寫出研究朱權的最初動因：「學術研究是以客觀事物為對

〔註 1〕周興發，曾任江西省教育廳職教處長。

象的科學研究活動，科學研究在本質上是排斥主觀性的，學者研究得出的結論本身並不以研究者的生平和個性為轉移。但我以為一個人的人格又是滲透在他的一切活動中的。一個學者從事研究的出發點，他的研究領域和方向，其視點、角度和思維方式以及風格特點，成就和不足，甚至是他能不能對研究對象保持客觀和科學精神等等，都和他在一定的歷史時代、客觀環境和人生經歷中形成的人格密切相關，並表現為一種學術個性。所以研究一個學者的生平，研究他是一個怎樣的人，他曾經怎樣生活過，並不是無關緊要的。自然科學或許另當別論，在人文科學，又尤其是中國古代文人學者，大要如此，朱權也是如此。我的這一認識是在寫作過程中逐步加深的。甚至可以說，從《朱權研究》到《寧王朱權》，有了一個飛躍。」

我之所以要在本文中把姚品文先生的這兩段話引用出來，因為有助於瞭解作者如何通過自己的思考對歷史人物加深認識和理解的，有助於瞭解作者如何在浩繁的史料中，鉤沉發微，不斷發掘歷史文化的豐厚內涵的。在《朱權研究》和《寧王朱權》這兩本著作的前言、後記中，姚品文先生坦誠地寫出了自己研究朱權這個歷史人物的動因、心路歷程，寫出了在學術道路上如何「無怨無悔、行行不已」的。

姚品文先生主要是以培育人才為己任，也做些學術研究。她長時間在大學中文系講授古典文學，因為講授戲曲理論才決定深入瞭解一下《太和正音譜》和朱權。朱權大半生是住在南昌，著述活動主要也是在南昌，為研究江西文化出力，也是自己應盡的義務。但一旦接觸許多資料，方知為朱權作傳並非易事。朱權與明初一些重大歷史事件相關，這些事件中的不少方面還有待梳理、澄清，朱權人生道路曲折、思想複雜、涉及學術領域很廣。但她朝著目標，毅然前行。為求得到較為接近事實真相的認識，對她原來已很熟悉的曲學重新思考，對她原來不太熟悉的道家、醫家、音樂、琴樂等，甚至印章、異寫字都努力學習。

1993 年，江西高教出版社出版了姚品文先生的《朱權研究》，那是江西師範大學古籍所和省教委古籍整理領導小組給予支持的項目，作為「江西歷史人物研究系列」而問世的。《朱權研究》出版後，得到了海內外許多朋友和讀者的關注，有的撰文，有的來信，肯定其可取，指出其不足。近 10 年間，她又發現了不少新的資料，和海內外的學者也有所交流，更重要的是對朱權這個值得一寫的歷史人物有更深一層的認識，對其著作《太和正音譜》等作了重新審視和

評價，在整體認識上《寧王朱權》較《朱權研究》有新的突破。歲月匆匆，時不宜待。於是夜以繼日，筆耕不輟，新著《寧王朱權》終於得以面世。

《寧王朱權》32.5 萬字，全書共分三卷，其最主要的第一卷，是《朱權評傳》，是對朱權帶傳奇色彩的一生事蹟的勾勒。作者在教養宮中、馳騁塞上、挾從燕軍、韜晦南昌、託志翀舉、領袖文壇、輝煌著述、家庭家族、歸宿等部分中，不僅脈絡清楚，材料詳備，不乏罕見的文獻乃至文物的引證，而且充分顯示了各個時期的歷史背景，是較完整的朱權傳記。正如蔣星煜先生所說：「第一卷《朱權評傳》固然可以說是填補空白之作。」

第二卷《太和正音譜述評》、《太和正音譜》在中國戲曲理論史上是一部承先啟後的著作，在當時來說已經無出其右，被後世戲曲理論家廣泛引用。作者在概述、寫作年代與版本、「譜」的應用功能、文獻價值、理論意義、歷史作用等部分中，對《太和正音譜》作了全面介紹。在此書的文藝學與文獻學兩方面都有新的成果。作者將朱權著作《太和正音譜》的「努力方向」歸納為四個方面：

一、將雜劇、散曲作一體觀，並在其中突出對雜劇的研究，以提高雜劇的地位；

二、用詩詞的審美觀念欣賞和評論這些「樂府」，喚起人們對它的理解和熱愛；

三、鉤稽相關的資料，敘說並研究它的歷史，增加人們對它的瞭解；

四、制定曲譜，將「樂府」格律化。

讀罷《寧王朱權》，掩卷沉思，有以下幾點較深刻的印象。

一是對寧王朱權這個歷史人物和某些相關聯的重大歷史事件，進行了發掘、梳理，有了更多的思考，形成了一些新的認識。

明初開國皇帝朱元璋死後，法定繼承人皇孫朱允炆即位。在謀臣們的策劃下，開始削奪他的叔叔——那些權力很大的藩王王位的勢力，引起了北京的燕王朱棣的反叛，打了三年戰爭——朱棣把它叫做「靖難之役」。在「靖難」開始的時候，朱棣用陰謀手段劫持了弟弟朱權，毀掉了他的根據地——大寧，奪走了他的軍隊和糧草，用一句「事成，當中分天下」的謊言把他綁在自己的戰車上，還讓他在靖難軍中起草文書——充當幕僚角色。到了成功在即的時候，朱棣毀掉諾言，自己做了皇帝，把朱權改封在南昌。朱棣和他的子孫四代皇帝都不放心這個為他們立過大功的寧王，猜忌壓制。朱權靠了自己的

明智——放棄政治權力爭奪，在學道生涯中保護了自己和家庭的安全，並以主要精力從事著述和提倡地方文化事業，取得了卓越的成就。這就是朱權一生的大致輪廓。

比如對朱棣和朱權前前後後的許多糾葛，史家一直認為是圍繞「中分天下」的權力爭奪產生的，作者在《朱權研究》中也是如此。可是現在，她以為權力之背後有著更深刻的東西，那就是封建專制集權下國家機器和宗族特權的矛盾以及相應的尊尊和親親的思想路線的矛盾。此外還有社會的倫理道德、文化傳統、人情人性等等，這些因素在根本利益的前提下是交織著綜合著起作用的。就是說有些人情事理是有著必然性的，分析時不能簡單化。例如靖難結束時，朱棣和朱權的對立態勢是怎樣表現的？有的史書上說朱權是在和朱棣並登南京城樓時，「上設一榻」（由兩把交椅變成一把交椅），朱權才翻然醒悟，知道受騙上當；朱棣即位時，有的史書說朱權是「佯風疾（裝瘋），止江口不入朝賀」，後來改封南昌時不同史書描繪很不同，按《罪惟錄》的描寫，兩人是劍拔弩張撕破臉皮的等等。對此作者一直懷疑，以為無論從客觀形勢還是這兩個人的主觀心態，都不至如此。所以她在書裏推測戰爭結束前，朱權已經離開靖難軍，他是有審時度勢、主動忍讓的一面的，朱棣對朱權也一定會做出撫慰姿態，朱權之藩南昌不可能得不到「欽准」。果然，最近從胡奎的《斗南老人集》中得到了兩首詩，描寫了他隨寧王赴南昌前「陛辭」蒙賞的情景和寧王出京時的盛況，完全證實了作者的推理。得到了史料的印證，令人興奮得難以自已。

二是朱權在江西文化史和中國文化史上，是有重要貢獻，應有一席之地的。還要看到，他在文化上的貢獻，是多方面的，諸如歷史、文學、戲曲理論、音樂、醫家、道家等。畢生著述和纂輯了十多個品類七十多種書，其中如中國戲曲史上第一部曲論和曲譜著作《太和正音譜》，存在最早的古琴譜《神奇秘譜》等，價值之巨大，已為世人公認。他還曾在南昌，獎掖文人，扶持文化，弘揚文化。但是由於種種原因，對朱權其人其事，知之甚少，研究不夠，或由於認識上的偏頗，淺嘗輒止，語焉不詳。朱權這個歷史人物長期被歲月塵封起來。我們真要感謝姚品文先生，通過她的艱辛勞作，拂去了歷史的塵埃，讓寧王朱權其人，活現在世人面前，讓朱權有一個客觀、公正的認識和評價。這是在文化史研究上有開拓性的，是做了一件實事，一件好事。

有的學者認為朱權的著作大多已荒佚代作，為此姚品文先生作過考究，

她認為從寫作背景、整個結構和行文風格等方面看，有不少著作是他親自撰寫的。她說：「即令不是每一種都是親自動手，在某些方面倚仗過幕僚，他主持之功也是不能抹殺的。」「朱權以自己的社會地位和影響在地方開拓文化事業，在文化領導、文化領域為社會作出貢獻，自己在文壇耕耘不輟，他的這一人格形成既有家庭、社會地位、個人經歷的影響，也有來自對中國古代優秀文化傳統的繼承。」

三是重視史料的搜集、整理。這是做研究工作最基礎的一步。為研究朱權，姚品文先生十分注意對所需的而又極為分散的資料搜索尋覓，做到了精益求精，刻苦求解，幾乎是如醉如癡。

為訪求原始資料，她到北京圖書館古籍部、省圖書館等地，並委託她在南京師範大學任教的、跟她讀過碩士的學生，到南京圖書館查得朱權的《茶譜》並抄來其序文。十多年來，為研究這位寧王，她花的精力和心血的確很難用言辭表達。

《朱權研究》原來是兩部分，現在變成了正文一、二、三卷加上「附卷」。多出了《朱權著述》，這是原來《評傳》中分蘗出來經過改寫，充實了內容的。《著作述錄》原有62種，經過重新考證，數量又增加了8種達到了70種。「附卷」中的《朱權作品選錄》和《朱權生平史料輯錄》，前者原來由於篇幅所限，被取消了，後者當時囿於見聞，材料也不多。這些年來她不斷從各種文獻中爬抉搜羅，所得不菲，其中許多是難得一見的珍貴資料。例如《寧獻王事實》早見於明代書目，原書已不傳，這次是從《朱氏八支宗譜》中抄錄到的（作者原來只見到《宗譜》殘本，無此文），其中提供了許多重要線索和材料，例如說對寧王「太祖獨鍾愛之」，以及朱棣即位後給朱權的一封信。寫《朱權研究》時沒有見到《明實錄》，後來才見到了，從中也發掘出一些重要史料，如宣宗答覆朱權關於「宗室不應定品級」的一封詔書等，於敘述和論說朱權生平都是極其重要的。又如胡奎《斗南老人集》原來讀得不細，這次仔細讀了之後，也有重大發現。全書史料的增加（大約不下數十條），使得許多敘述更加切實，原來的一些結論，包括某些史書的結論都加以改寫。

江澤民同志曾參觀中國歷史博物館舉行的國際中國畫展覽會，並在會上說：「我們中華民族的優秀文化遺產太多了，值得我們很好地研究和發掘，這些都是國之瑰寶啊。」他還說：「對於這些優秀的傳統，對於這些藝術珍品，我們一定要很好地保存下來，並很好地研究和繼承，讓它們更加輝煌燦爛，

更加為世人矚目！」這番話是語重心長，作為中國人怎麼不感到驕傲和自豪，怎麼不會進一步增強歷史責任感和使命感。

江西文化是中華民族文化的重要組成部分，我們要「很好地研究和發掘」，要「很好地研究和繼承」。

江西地處長江中下游交接處南岸，贛江縱貫全省，在中國歷史上具有重要的地位。素稱「物華天寶，人傑地靈」，曾為歷史悠久的文化發祥地、中華文化昌盛的發達省份之一。

一個地區有一個地區的自然環境、生存條件，所謂一方水土養一方人，形成不同的地區特性與文化特色。江西文化是江西地區的物質文明與精神文明的綜合反映，它孕育、生長在本地的土壤上，又與鄰境文化交流融匯，在中華文明的共性之中，顯示出鮮明的地區特色。

江西文化有獨特的多姿多彩的風韻。在江西古代歷史上和近代是人才輩出、群星燦爛，在中國文化史上寫下了濃墨重彩的篇章。

再就傳統文化的主要門類來看，如經學、文學、史學、醫藥學、地理學、書院教育、科技術數、書畫藝術、佛道宗教等等，諸子百家，無不各有宗主大師，在文化寶庫中留下了珍貴的遺產。

應該說，對於江西文化的研究做了不少工作，學術成果不斷湧現，但是還有待繼續深入開展。為何不斷探索江西文化的構成史實和演進歷程，為何進一步認識到江西文化所具備的中國文化的共性，而且展示江西文化所獨有的特性，為何不斷發掘歷史文化內涵等等，繼續推動江西文化研究向前發展，這是我們責無旁貸的時代重任。

姚品文先生是熱心於江西文化研究的學者，用十多年的時間，潛心研究，鍥而不捨。《寧王朱權》則是新的研究成果，在對明史、對古典戲曲理論研究、對宣傳江西文化方面，盡了她最大的努力，作出了自己的貢獻，可喜可賀。

原載《人傑地靈》2004 年第 1 期

文獻學與文藝學的並舉
——評姚品文《寧王朱權》

孫書磊〔註1〕

　　姚品文《寧王朱權》一書共三卷：《朱權評傳》、《〈太和正音譜〉述評》、《史料查料輯錄》。該書突出地體現了作者在研究方法上的個性：文獻學與文藝學的相容並舉。

　　《寧王朱權》的文獻學研究方法，首先表現為搜尋並發現了許多原始資料。在朱權生平研究方面，朱權生平關係到明初的一段重要歷史如靖難之役，這段歷史在過去的史籍記載中存有一些疑點。作者從各種文獻中爬抉搜羅，挖掘出了一些新的史料。其中，許多文獻是罕見文獻，如最早見於明代書目的《寧獻王事實》，原文已不傳，作者從民國十八年修訂的現收在江西八大山人紀念館的《朱氏八支宗譜》中發現了此文，該文獻為朱權研究提供了許多重要線索；有些文獻則是考古發現的但又不為人們所留意的資料，如1981年江西南昌出土的《昭勇將軍戴賢妻徐氏墓誌銘》。無人將其與朱權研究聯繫起來，將其作為朱權研究重要材料的，作者當屬第一人；有些文獻雖然不難得到，但作者卻能夠從中見別人所未見，如作者從《四庫全書》所收胡奎《斗南老人集》裏發現朱權王府教授胡奎的三首詩，等等。這些文獻的重大發現，使有關史籍的一些疑點得到了澄清。在朱權著作研究方面，明清之際錢謙益《列朝詩集小傳》早就斷言：「古今著述之富，無逾王者」，並著錄20種；《寧獻王事實》稱，「王著書百有三十餘種」，著錄行於世者32種。今之學人研究朱權，往往單在《太和正音譜》、《茶譜》方面用力，無暇顧及朱權的其他著

〔註1〕孫書磊，南京大學文學院教授，博士生導師。

作。作者則多方考證、走訪，發現朱權著作涉足十多個學科門類，計書目70種，其中存世30種已經接近《寧獻王事實》中的記載。在本書第三卷第二部分「朱權著作述錄」中，作者對之一一介招，注明某著錄出處、相關提要，對存世者則又進一步注明其存世版本情況。

其次，該書的文獻學研究方法還表現為對文獻作了充分地發掘與利用。一是對材料不作簡單地堆積，而是進行比勘、甄別，讓其最有效地證明歷史的邏輯。據《明實錄》的記載「是日，遷寧王之國，賜鈔一萬錠」。而姜清《姜氏秘史》則說，「寧王不自安，悉屏從兵，與老弱中官數人偕往南昌」。查繼佐《罪惟錄》的記載與《姜氏秘史》一致，都與《明實錄》的記載相反。作者查閱《昭勇將軍戴賢妻徐氏墓誌銘》，確認朱權此次來南昌時還有正千戶護衛軍官侍從，並不是《姜氏秘史》描繪的灰溜溜的樣子。同時，作者又從新發現的胡奎的三首詩佐證了《姜氏秘史》的不確，證明《明實錄》關於朱權離京時間的記載有誤。二是充分利用文獻數據，以對朱權的生平經歷作合理的邏輯推理。作者根據該《御製序》的開頭「《通鑑博論》，高皇帝時寧王奉敕所編進也」等語以及朱棣寫於永樂五年的《歷代報復之驗》一文和朱棣為《通鑑博論》所寫的跋文，推定《通鑑博論》卷首《御製序》是朱棣所寫，朱棣「藉此鼓勵朱權把心思多用在著述方面」。而朱權《上天府家書》則說：「數年來未有一人來報天上消息，未知命何天真來為指示，以脫我於塵網也？」以調侃語氣表達了其被迫退隱的憤懣與不遜，並非一般觀點所認為的為了韜晦而對朱棣畢恭畢敬。歷史文獻辨正地證明了歷史邏輯。

文獻學研究的旨歸在於文藝學研究。《寧王朱權》的文藝學研究主要體現為對朱權的各種著作尤其是曲學著作《太和正音譜》等作了十分透徹的理論分析。具體方法為：

一、文藝的整體觀照

除了對朱權的史、樂、醫、農、道等各類著作的全面研究外，該書《〈太和正音譜〉述評》是作者用力最多也是理論價值最高的部分，分別從《太和正音譜》曲學的整體價值、朱權曲論系列和內容構成、《太和正音譜》寫作年代與版本考證、「譜」的應用功能、《太和正音譜》文獻價值、《太和正音譜》理論意義、《太和正音譜》歷史作用等角度進行全方位研究，其中《太和正音譜》理論意義的研究又著重研究《太和正音譜》所涉及的樂府概念、樂府體

十五家、群英樂府格勢、對式、元雜劇的形成及其作者、雜劇十二科、音律與文采等曲律學、戲劇史學的敏感而又關鍵的理論問題。全面系統地研究朱權文藝造詣的各方面成就，是進一步研究其文藝理論的前提。

二、文藝邏輯的把握

《寧王朱權》一書的靈魂在於揭示朱權對曲學理論的貢獻，而其曲學理論文基於其內在的邏輯思想。作者在對朱權的文藝創作與理論進行整體觀照的基礎上，將朱權著作《太和正音譜》的「努力方向」歸納為四個方面：其一，將雜劇、散曲作一體觀，並在其中突出對雜劇的研究，以提高雜劇的地位；其二，用詩詞的審美觀念欣賞和評論這些「樂府」，喚起人們對它的理解和熱愛；其三，鈎稽相關的資料，敘說並研究它的歷史，增加人們對它的瞭解；其四，制定曲譜，將「樂府」格律化。作者不僅對後二者等比較技術性的學術問題進行仔細地研究，而且還對給傳統的學術思想、文藝理論乃至社會風氣以衝擊與突破的前二者，尤其對朱權將劇曲納入「樂府」從而改變「樂府」概念的傳統內涵進行深入地重點探討，這方面的探討意義十分重大：雜劇創作的地位被朱權提高到前所未有的高度，使這一藝術在由俗文化走向雅文化——民族文化的道路上邁出了重要的一步！

《寧王朱權》的文獻學研究方法與文藝學研究方法又彼此兼顧、相互生發：

通過對歷史文獻的考索來研究曲律學、戲劇史學。《太和正音譜》、《元曲選目》、《今樂考證》及《寶文堂書目》均著錄朱權《蕭清瀚海》一劇，邵曾祺《元明北雜劇總目考略》稱「劇情或是歷史上漢族與匈奴族交戰故事，可能也有歌頌明初邊防武功的意味」，這代表學界對該劇的普遍認識，這種認識不直接聯繫朱權的經歷。而作者認為「或為以其大寧平胡為素材的作品」，因為據《寧獻王事實》知，朱權早年有過「蕭清沙漠，威震北荒」的壯舉和聲譽，並寫過《化域碑》，該劇即「直接或間接寫的這一段歷史」。作者從對朱權生平文獻的研究做起，將研究成果運用到對朱權的曲律學、戲劇史學等問題的研究上，是十分有效的。

利用曲律學、戲劇史學的研究來研究歷史事實。作者研究朱權的初衷是為了研究其戲曲理論，而對曲學理論的深入研究又反過來促進了其對史實的準確把握。要清楚地理解朱權的思想傾向，莫過於研究其《辯三教》雜劇，但

該劇不存。作者先研究「『喪門』之歌」一語。《太和正音譜》謂：「古有兩家之唱，芝庵增入『喪門』之歌為三家。」朱權以「喪門」稱僧家，流露出其對佛教的明顯敵意。再研究「雜劇十二科」，認為《太和正音譜》「雜劇十二科」的排列次序暗寓褒貶：以「神仙道化」為第一，儒道相通的「隱居樂道」為第二，以下以儒家道德觀念為主導的「披袍秉笏」等科目次之，而以「神頭鬼面」殿尾。可見，朱權「信奉道家，尊重儒家，排斥佛家」。利用曲律學、戲劇史學的研究來研究歷史事實，既豐富了歷史研究的方法，又豐富了曲學、劇學研究的意義。

　　文獻學與文藝學的互濟兼美，最終使《寧王朱權》一書論據有力，新見迭出，擴大了朱權研究的領域，開拓了研究的新視野，對於史學界和戲劇理論界都具有可貴的借鑒價值。

原載《書目季刊》第三十六卷第四期，2003 年

文獻整理的新思路
——讀《太和正音譜箋評》

孫書磊

　　關於朱權及其《太和正音譜》的研究，江西師範大學姚品文教授此前已經出版了很有學術分量的兩部專著，即《朱權研究》（江西高校出版社 1993 年版）和《寧王朱權》（藝術與人文科學出版社 2002 年版）。姚品文教授的新著《太和正音譜箋評》（以下簡稱《箋評》，中華書局 2010 年版）作為「中國文學研究典籍叢刊」之一種，有點有校，有箋有評，將整理與研究結合起來，在將朱權及其《太和正音譜》研究推到一個新層面的同時，更為當下的古籍整理提供了新的思路。

　　整理方面，《箋評》以影響較大、質量較優的《涵芬樓秘笈》本為底本，以明程明善《嘯餘譜》本為主要對校本，並參以黛玉軒本等其他版本以及燕南芝庵《唱論》、周德清《中原音韻》、夏庭芝《青樓集》、鍾嗣成《錄鬼簿》、無名氏《錄鬼簿續編》、楊朝英《樂府新編陽春白雪》、《朝野新聲太平樂府》、無名氏《梨園按試樂府新聲》、朱權《詞林雅韻》、《原始秘書》、郭勳《雍熙樂府》等元明文獻，進行點與校。

　　點：《箋評》的曲文依底本斷句。同時，為了體現曲的文體特點，參照了《嘯餘譜》本和清康熙《御定曲譜》的句讀，「韻」、「叶」處皆用句號這樣的斷句與標點保證了曲譜部分的曲體特點，不但方便戲曲和音樂研究者的準確理解和使用，對如何標點詩詞曲等韻文，也是一個重要經驗。

　　校：《箋評》作者在《凡例》中明確表示「本書校勘目的係在底本基礎上得出一個較好的《太和正音譜》版本供讀者使用」。《箋評》儘量吸取參校本的優點，依據它們改正了底本的一些錯誤和不足，不僅使《箋評》更加接近

原書面貌，有的還超越了原刻本。如初刻時，有的曲文作者還不為朱權所知，被署為「無名氏」，後人考察出其作者，遂在新的版本中有所反映，《箋評》則吸收了後人的這些成果，不再拘泥於作為底本的原刻本。而對現當代通行本中的文字錯誤也加以修正，如《中國古典戲曲論著集成》本和《錄鬼簿（外四種）》本中的脫字、誤字很多，《箋評》中均一一加以更正，並同樣出校記說明以引起讀者的注意。因此，《箋評》讀者看到的是一個與底本、參校本和現代本均有許多不同的面貌嶄新的本子。應該說，《箋評》是一個迄今為止最為精確、完備的版本。

研究方面，《箋評》中從箋與評兩個角度深入發掘朱權的曲學思想，並與附錄一道為研究者的進一步研究提供良多的啟示和材料。

箋：即注解，在《箋評》中得到了突破性的運用。《箋評》不對字句概念作一般性釋義，而是對僻典、本書特殊用字和詞語以及容易誤解處盡可能作出說明，還把箋注對象置於中國戲曲發展史的大背景下，利用大量稀見材料，尤其是較少為人留意的朱權的其他文獻加以闡釋，將相關的理論背景盡可能箋出，從而打破了箋者惟注的傳統做法，凸現了該書箋注工作的學術性。如《太和正音譜》「詞林須知」載錄雜劇院本的九色之名和「鬼門道」的概念與釋義，《箋評》箋注指出，朱權《原始秘書》卷十有「俳優伎藝門」，收關於戲劇的相關史料三十餘條，此處之十條皆在其中，文字相同，並進而箋曰：朱權在《原始秘書》中解說「院本」時有云：「後唐伶人敬新磨始之，至金章宗娼夫劉耍和、武光頭、魏古弄三人增益之。」武光頭、魏古弄之名始見於此。眾所周知，元陶宗儀《南村輟耕錄》「院本名目」有「教坊色長魏、武、劉三人鼎新編輯」之語，但後人只知其中劉為劉耍和，對於魏、武二人的名字卻無人知曉。《箋評》的箋記不僅解決了一個懸而未決的問題，而且為研究者提供了十分重要的研究線索。

評：箋之不足，評說補之。這是《箋評》體現理論研究特色的又一亮點。這些評說，是《箋評》作者幾十年系統研究朱權及其《太和正音譜》的心得體會，新見迭出。如具體考辨了《太和正音譜》卷首朱權所撰《原序》落款和印章所謂「洪武戊寅」說之不可信，從而推翻了學術界長期以來的所謂「洪武間刻本」之說。又如，《太和正音譜》「音律宮調」部分依次開列「五音」、「六律」、「六呂」、「六宮」、「十一調」的內容。「五音」、「六律」、「六呂」即所謂「五音十二律」，屬於先秦建立的雅樂體系，而「六宮」、「十一調」則屬於唐

宋以來的俗律體系。《太和正音譜》研究的是世俗音樂，卻列出了雅律，並將之置於俗律之前。《箋評》評說認為，這不僅是因為雅律是我國音樂律制的起源，而且更重要的是，引進雅樂概念，並努力為曲制定文體的「繩墨」與「楷式」，可以使人們觀念和實踐中曲的音樂向高雅方向靠攏，從而改善樂府文學的素質，最終提高樂府文學的社會地位。而對於《太和正音譜》一反元人習慣，對宮調存而不論的做法，評說則指出，宮調的問題十分複雜，朱權作為大音樂家，在不苟同前人而又未提出具體新見的前提下，採取了慎重處理的辦法，雖然保持了沉默，但這對後人也是有啟示的，即「我們不要只聽前人說了什麼，當說而未說者，同樣可以使我們思考」，所論發人深省。

附錄：《箋評》作者不僅為讀者整理出一個十分精良的《太和正音譜》版本，全面闡發了自己多年的研究成果，而且最後還以「學問乃天下之公器」的胸襟，將自己多年研究中所獲得的相關資料載錄於文末，其中不乏一些難得而極為重要的文獻，如朱權《瓊林雅韻序》、何鈜《太和正音譜南九宮詞總序》、馮夢禎《北雅序》、張萱《北雅題詞》、丁丙《善本書室藏書志提要》和《箋評》作者所撰《太和正音譜版本知見錄》。《太和正音譜版本知見錄》為讀者詳細梳理、著錄了七種明清舊本、四種明清節錄本、三種現當代版本和《太和正音譜》的著錄文獻資料等。其中對明萬曆間何鈜本的發現和認識，應該是《太和正音譜》版本研究方面的重要成果。為了便於讀者閱讀和研究中檢索曲譜，《箋評》另附有《曲譜索引》。這都體現了《箋評》將理論研究與整理利用相結合的整體構架。

「古籍整理之艱辛我在整理其他一些古籍過程中已深有體會，而整理中還要有研究，則兼具數倍的難度。但我想難事總要有人去做。」《箋評》作者在該書前言中如是說，乃發自其內心的真實感受，道出了其整理《太和正音譜》的原則思路。整理與研究的有機結合，實現了《箋評》工具性與理論性的雙重價值。就是在這個意義上，可以說《箋評》既是準確而實用的工具書，又是發人深省的理論著作。

原載《書品》2010 年第 4 輯

學界獨步，歷久彌堅
——評姚品文先生的朱權研究

孫書磊

　　談及寧王，人們很容易想起明正德年間犯上作亂的朱宸濠。作為四世寧王，朱宸濠之亂不僅使自己被殺、除爵，而且也使寧王後裔蒙羞，進而累及開府寧王朱權的聲譽。曾經顯赫一時的寧王朱權逐漸為寧王朱宸濠的負面影響所湮沒。若沒有被學界稱為朱權研究「海內獨步」（洛地《〈寧王朱權〉序》）的當代學者姚品文先生對朱權幾十年來堅持不懈的研究，人們已經記不起曾經在南昌開建寧王府的朱權。姚先生不遺餘力的研究，使曾經被人們淡忘了的寧獻王朱權的真實形象重新站在人們的面前。這無論對歷史還是現實，其意義都是非凡的。

　　南昌，在歷史上有幸接納了兩位因皇室鬥爭而到來的侯王，一位是唐高祖李淵第二十二子滕王李元嬰，一位明太祖朱元璋第十七子寧王朱權。然而，兩位王爺在南昌的作為、貢獻及其身後的待遇卻完全不同。

　　李元嬰在世時聲名掃地。《舊唐書》稱其在高宗永徽年間「頗驕縱逸遊，動作失度」，高宗曾「與書誡之」，永徽三年（652）「遷蘇州刺史，尋轉洪州都督，又數犯憲章」。《新唐書》又補充說李元嬰在太宗喪期即「集官屬燕飲歌舞」，狩獵時「以丸彈人，觀其走避則樂」。到南昌後，「官屬妻美者，紿為妃召逼私之」。李元嬰在南昌，「珮玉鳴鸞罷歌舞」（唐王勃《滕王閣序》），無甚可說。就其對歷史貢獻而言，或許只有兩個方面，一是其繪畫成就。他在長安生活時期即善畫蝶，「內中數日無呼喚，傳得滕王蛺蝶圖」（唐王建《宮詞》），其畫由宮廷傳到民間，身價極高。「滕王蛺蝶江都馬，一紙千金不當價」（宋陳師道《題明發高軒過圖》）。一是其在南昌建造的滕王閣。「滕王平昔好追遊」

（宋王安國《滕王閣感懷》），滕王閣作為歷史名城南昌的地標性建築，也正是李元嬰一味走馬宴遊的見證。李元嬰的繪畫與南昌文化無關，而滕王閣雖然成為後世南昌的歷史文化標誌，但作為其在南昌生活的重要組成部分，只能提醒人們不斷追憶李元嬰在南昌的荒淫生活。人們從韜光養晦的角度解讀李元嬰及其滕王閣，顯然是誤讀！

　　與之不同，靖難之役後，朱權來到了南昌，他著《家訓》十章和《寧國儀範》七十四章，從「本孝」、「樹忠」、「敷義」、「保身」、「嘉言善行」（《家訓》）等角度，「以忠孝恭儉垂訓子孫」（朱謀垏《藩獻記》）。朱權自己逐漸皈依道教，修身養性，同時，也「弘獎風流，增益標勝」，關心和幫助地方政府扶持文化，獎掖人才。雖然他給子孫制定的嚴格規範未能阻止後來的朱宸濠叛亂，但至少在朱權健在時，能保寧藩無「受顯戮」（朱謀垏《藩獻記》）之虞。更重要的是，在南昌開府以來的百餘年間，朱權積極投身學術研究和文化建設。他主持編輯、整理和刊刻了百餘種文獻，涉及史學、儒家、道教、醫家、兵家、農家、星曆術數、音樂、書畫、雜藝、文學、戲曲、類書等諸多領域。此後的歷代寧王都繼承這一做法，江西寧王府刻本已經成為明代最著名的藩刻本之一。然而遺憾的是，朱權在南昌的雅正生活不被後人所瞭解，其對南昌的文化貢獻也被漠視！

　　另一個值得注意的現象是，朱權在南昌文化歷史上的影響尚不及其後裔、明末清初著名畫家朱耷。朱耷，朱權的八世孫，入清後號八大山人，嘗為僧，隱居南昌青雲譜。善畫鳥魚，簡略蒼勁，生動盡致，眼神中流露出怨憤之氣，其書畫題款「八大山人」類「哭」亦類「笑」，「世以狂目之」（趙爾巽《清史稿》）。八大山人在中國繪畫史上成就卓著，影響巨大，現在更是名播海內外。平心而論，「研究其傳承淵源，不能不追溯到他的始祖寧獻王開啟的文化傳承。明初寧獻王的成就和他開闢的文化事業，與二百餘年後明末清初八大山人相輝映。重視八大山人令人鼓舞，但遺忘朱權卻令人遺憾」（姚品文《〈王者與學者——寧王朱權的一生〉後記》）。

　　寧王朱權之所以不被今人重視，乃至被遺忘，其主要原因雖與朱宸濠之亂有關，然而，我們畢竟不能讓前人承擔後人的責任。朱權與朱宸濠，兩者差異之大，不啻天壤，不可隨意將他們聯繫起來混為一談。然而有清以來，不乏以朱宸濠之亂為題材的文藝作品，如蔣士銓創作的《一片石》、《第二碑》二劇，在歌頌朱宸濠之妻婁素珍時，極力批判朱宸濠的犯上作亂；唐雲洲撰

寫的《七劍十三俠》小說，用相當多的回目專門講說朱宸濠叛亂的前因後果，等等。這些作品在一定程度上誤導了人們由寧王朱宸濠而聯繫到寧王朱權。對於朱權的真實歷史，人們本來就不是很瞭解，在受到朱宸濠因素影響之後，人們漸漸地習慣於用看待寧王朱宸濠的眼光審視寧王朱權。一個明顯的例子就是，近年的暢銷書《明朝那些事兒》這樣寫道：「他（按：寧王朱權）的憤怒是無法平息的，他囑咐子子孫孫不要忘記自己受過的恥辱。」這完全是根據朱宸濠的心態而臆測朱權的，殊為無稽之談！現在更有不少以朱棣為題材的影視劇，把朱權塑造成面目可憎的醜類小人。在此情況下，一世寧王朱權給今人的印象又如何能佳！

然而，此寧王非彼寧王！無論是對歷史的研究，還是當下的文藝創作，都不僅需要還朱權以真實面目，而且更要喚醒人們對朱權的高度重視。朱權既是一位王權意義上的王者，又是一位文化意義上的學者。從王權的角度看，朱權研究將有利於進一步揭示明初繁複的歷史，引導人們準確、全面地認識靖難之役的歷史事實和歷史規律。從文化的角度看，朱權研究將揭示朱權在歷史學、戲曲學及其他諸多學科方面的貢獻，從而推進和豐富中國古代學術史的研究。朱權研究有其特殊的歷史意義、文化意義和學術意義，其多重意義的現實價值最終必將體現在今後南昌的文化建設與旅遊開發中。這正是姚先生朱權研究的要義所在！

二十世紀的七、八十年代，姚先生因為對古典戲曲教學與研究的需要而研究朱權的《太和正音譜》，繼而研究朱權的人生經歷及其著述。學術的冷板凳，一坐就是幾十年，研究的成果則與日俱增。從姚先生第一本全面研究朱權的專著《朱權研究》（江西高教出版社 1993 年版）問世，到其後來相繼出版的反映對朱權研究全面深化的《寧王朱權》（藝術與人文科學出版社 2002 年版）、《太和正音譜箋評》（中華書局 2010 年版）、《王者與學者——寧王朱權的一生》（以下簡稱《王者與學者》）（中華書局 2013 年版），姚先生對朱權研究的腳步始終沒有停止。而今，姚先生年屆耄耋，閱盡人間滄桑，其朱權研究的最新成果《王者與學者》中所體現的對朱權的理解已非偶涉朱權研究者所能企及。

姚先生的朱權研究集中在兩個方面：一方面從歷史學的角度，研究作為明初藩王代表的朱權的政治鬥爭經歷及其歷史意義，另一方面，從文化學的角度，研究作為明初學者代表的朱權的學術之路及其學術貢獻，即對朱權作為王者和學者的雙重身份進行研究。

　　《朱權研究》作為姚先生的第一部著作，從「朱權評傳」、「《太和正音譜》述評」兩大方面對朱權進行全面研究。前者研究朱權的一生經歷，分「教養宮中」、「馳騁塞上」、「挾從燕軍」、「韜晦南昌」、「託志㹴舉」、「著述纂輯」、「其他」等七部分論述；後者研究最能代表朱權學術成就的《太和正音譜》的成書年代、版本流變、文獻價值、理論意義及其所存在的缺陷等問題。書後附有「朱權生平資料輯錄」、「朱權著作述錄」，不僅增強了該書的學術分量，而且也為後繼研究者提供資料上的便利。《朱權研究》勾勒了姚先生對朱權研究的基本框架，時隔八年之後出版的《寧王朱權》即在此基礎上對朱權進行了進一步的研究。

　　《寧王朱權》分三卷。第一卷「朱權評傳」，第二卷「《太和正音譜》述評」，第三卷「史料資料輯錄」。與《朱權研究》相比，「朱權評傳」不僅增添了「領袖文壇」、「家庭家族」、「歸宿」等部分，而且其他各部分也增加了不少新的論題；同樣地，「《太和正音譜》述評」除了增加「『譜』的應用功能」和「歷史作用」兩部分外，對於《太和正音譜》的文獻價值和理論意義的研究也是全新的；而對於史料資料的輯錄，顯示了姚先生八年來新發現的有關朱權的史料和朱權著述，其中朱權著述由 62 種增加到 71 種。如果說《朱權研究》是勾畫了姚先生對朱權研究的藍圖，那麼，《寧王朱權》則是姚先生對朱權研究的全面展開，其中對朱權生平的研究已經超越一般性的以史代論，而是史論結合、以史引論，對朱權人生中的諸多撲朔迷離之處多有發覆。朱權先為王者，後兼學者，王者關乎政治歷史，學者涉及學術成就，對朱權持續深入的研究，必然要求研究者的不斷拓進。《寧王朱權》正體現了姚先生卓越的史識和學識。

　　進入新世紀之後，姚先生在朱權史實和學術的研究上繼續拓進。在《寧王朱權》出版十年後，出版了學者朱權學術研究的深化之作《太和正音譜箋評》，三年後繼而出版了王者朱權史實研究的深化之作《王者與學者》。

　　《太和正音譜箋評》有點有校，有箋有評，將整理與研究結合起來，將朱權及其《太和正音譜》研究推到一個新的層面。整理方面，以影響較大、質量較優的《涵芬樓秘笈》本為底本，以明程明善《嘯餘譜》本為主要對校本，並參以黛玉軒本等其他版本以及燕南芝庵《唱論》、周德清《中原音韻》、夏庭芝《青樓集》、鍾嗣成《錄鬼簿》、無名氏《錄鬼簿續編》、楊朝英《樂府新編陽春白雪》、《朝野新聲太平樂府》、無名氏《梨園按試樂府新聲》、朱權《詞

林雅韻》、《原始秘書》、郭勳《雍熙樂府》等元明文獻，進行點與校。研究方面，從箋與評兩個角度深入發掘朱權的曲學思想，把箋注對象置於中國戲曲發展史的大背景下，利用大量稀見材料尤其是較少為人留意的朱權的其他文獻加以闡釋，將相關的理論背景盡可能箋出，從而打破了箋者惟注的傳統做法，凸現了該書箋注工作的學術性。這些評說新見迭出，是姚先生幾十年系統研究朱權及其《太和正音譜》的心得體會。整理與研究的有機結合，體現了《太和正音譜箋評》所具有的工具性與理論性的雙重價值。就是在這個意義上，可以說《太和正音譜箋評》既是準確而實用的工具書，又是發人深省的理論著作。

對一個歷史人物的史實研究，不滿足於畢其功於一役而不斷深入進行的，在現代學術史上不乏其例。最知名的莫過於上個世紀吳晗先生用三十年之力四易其稿而完成的《朱元璋傳》。姚先生對朱權史實的研究也經歷了類似的過程。所不同者，吳先生後期的修訂多受政治因素的影響，越來越缺少獨立思考，而姚先生作為目前唯一一位專力研究朱權的學者，從《朱權研究》到《寧王朱權》，再到《王者與學者》，始終沒有停止過獨立精神下的縱深思考。

隨著姚先生對更多史料的發掘，《王者與學者》也體現了姚先生對朱權一生的更多思考。朱權十六歲之國大寧，即開始著手撰寫其畢生著述的開山之作《通鑒博論》，十九歲即洪武二十九年（1396）撰成。《朱權研究》、《寧王朱權》對於《通鑒博論》均未作展開討論，《王者與學者》則作了詳細的分析。對於朱元璋為何要特命朱權撰寫此書，姚先生認為「書的寫作不僅是學術性的，更是政治性的」，「可以此培養他（孫按：指朱權）的政治意識和治國能力」。朱元璋身邊有學識的大儒不乏其人，作為間接反映其作為一代明君「繼天述治，懷寰區之元元，慮胤胄之膺期」（朱權《通鑒博論序》）的史著，《通鑒博論》的撰寫任務原不必委諸一位少年王爺，而朱元璋「不會為了讓兒子傳名後世而弄虛作假」，其之所以命朱權撰《通鑒博論》「是通過書的寫作培養這個兒子的史識」。朱元璋對愛子史識特別訓練的用意，若非姚先生的史識已經達到相當的深度是無法意識到的。再如，朱棣兵臨南京城下，用箭射信城內，信中內容為朱棣向侄兒、兄弟姐妹們說明此來被迫無奈的苦衷，口氣十分懇切，學界多認為此舉是朱棣為達到個人目的而採取的虛情假意的策略。姚先生在《寧王朱權》中雖然表示了不同意見，但討論卻停止在「信寫得入情入理，親切感人」。在《王者與學者》中，姚先生對此則有詳細闡述，認為

朱棣敘述禍緣削藩的過程雖是言辭尖銳，但也不可謂不實，進而分析：「說朱棣完全泯滅人性是沒有依據的。只是他不會因為痛心而放棄他的政治目標。他是在真實的兩難中選擇，而不是一真一假。這才是靖難事變真正的悲劇性所在。」通過對這封戰地匆匆草就的親情信剖析朱棣當時複雜的心態，姚先生對歷史人物心態的解讀十分精闢！

姚先生對王者朱權史實研究的卓識，不僅體現在對一些歷史重要關節的研究中，在對許多歷史細節的分析過程也同樣體現出來。如關於查繼佐《罪惟錄·寧獻王權傳》所謂朱棣「軍中啟事設二楊」一事，姚先生指出，「『設二楊』的意義，肯定形式大於內涵。這一形式至少維護了朱權的自尊，精神上有一定的安撫，對外輿論上卻大大地誇張了朱權在靖難中的作用，使朱權真正的被『綁在了戰車上』。」可謂發前人所未發。朱權於靖難之中完成了《原始秘書》、《漢唐秘史》二書的撰寫，對朱權何以能夠於殺聲震天的戰場埋頭編寫他的學術著作，姚先生分析：「他不參加的只是身軀；他的心，只能是時時刻刻為戰場內外的厮殺而震撼。潛心學術也許是一種精神逃避。然而書畢竟是寫完了。這是業績，更是一種態度。」這就很好地解釋了朱權在靖難之中與朱棣之間不便言說的微妙關係。對歷史事件的揣摩如此之深，非但超出了其他論者，而且也超越了《朱權研究》、《寧王朱權》等姚先生自己的既有成果。

需要特別指出的是，姚先生對朱權王者與學者雙重身份的研究，不是孤立割裂的，而是互動進行。由研究戲曲理論進而研究《太和正音譜》，再進而研究《太和正音譜》作者朱權的史實，有著這樣的經歷，就決定了姚先生在研究朱權學術貢獻時能夠從史實出發，利用從史實研究中所獲知的認識來研究《太和正音譜》及朱權的其他學術著述，也能夠把朱權學術研究中遇到的問題帶到對朱權的史實研究中加以解決。

姚先生在《〈朱權研究〉後記》中不無遺憾地說：「我曾列有『引用書目』，限於篇幅，只能與『年譜』和『作品輯錄』一併割愛了。」《寧王朱權》除了開列主要參考書目之外，還在第三卷特闢「朱權著作述錄」和「朱權作品選錄」兩部分，以彌補《朱權研究》的不足，但是朱權年譜依然付諸闕如。《王者與學者》則在《寧王朱權》的基礎上，增補了《寧王朱權年譜》、《朱權著作簡表》。年譜為讀者提供了更加明晰的朱權人生軌跡，與正文關於朱權一生的論述互為表裏。著作簡表著錄的書目有 113 種，其中存本 30 種、殘本 2 種、

佚作 81 種，並附記了僅見於朱謀㙔《續書史會要》著錄的 21 種著述。從數量上看，遠遠超過了《寧王朱權》著作的 71 種。這些書目或基於對現有存本文獻的著錄，或從史志、前人書目、有關文籍中輯錄，皆審慎判斷其所屬文獻類別、卷數、成書年代、存佚情況。作為姚先生幾十年來在古籍文獻中爬羅剔抉的結果，這些文獻資料的發現是在對朱權人生史實和對其學術貢獻的雙重研究過程中完成的。

歷史總會有疑雲。如「塗陽」一詞，經常出現在朱權著作中。《太和正音譜》記李良辰等五位是「塗陽人」，《漢唐秘史序》有「己卯兵下塗陽」語，《原始秘書序》有「其書之作，始於洪武丙子，緝於塗陽」語，《太古遺音序》有「然是書也……予昔得於塗陽，多有脫落」語，等等。「塗陽」是地名無疑。據酈道元《水經注》，歷史上山西省榆次縣（今山西省晉中市榆次區）曾有過「塗陽」之稱，但顯然與朱權筆下的「塗陽」無涉。姚先生曾在《寧王朱權》中推測「塗陽」乃取「塗山之南」意，暗指南京。後來姚先生從明初唐之淳《唐愚士詩》中查到《塗陽八詠》和《奉懷》、《轅門曉望》等詩。洪武二十年（1387），大將軍馮勝、傅友德、藍玉、李景隆等奉旨率大軍出關，並修築大寧、惠州、富峪、寬河四城，唐之淳作為幕僚隨行到達大寧，並在大寧逗留了數月，期間寫了許多有關大寧的詩文。姚先生從《唐愚士詩》有關「塗陽」的詩作考知「塗陽」即大寧的別稱，進而發現一個值得注意的現象，朱權在他的著作中從不用「大寧」一詞，而凡謂「大寧」總用「塗陽」替代。她認為，此當有其特別的用心──迴避大寧之變。揭櫫「塗陽」所指和朱權言稱「大寧」時的傾向，是姚先生在其論著《王者與學者》中的最新成果。這一成果既解決了《太和正音譜》研究的問題，也解決了朱權在靖難之役早期的活動史實和後期的政治態度問題。姚先生長於考據與思辨，非惟《王者與學者》如是，即其早年的《朱權研究》也如是，不復一一臚列。

無論與同樣因為皇室糾紛而避難於南昌的唐代滕王李元嬰相比，還是與朱權後人明末清初八大山人朱耷相比，作為集王者與學者於一身、對歷史與學術有巨大貢獻的朱權，原本已被今人太多地遺忘和誤讀，然而卻深得視學術研究如生命的姚先生的青睞，且惟其經過姚先生長期不懈的研究，朱權的真實歷史和輝煌學術才得以重見天光！

王國維《人間詞話》曾引用辛棄疾《青玉案》詞「眾裏尋他千百度，驀然回首，那人卻在，燈火闌珊處」，來比喻讀書做學問的最高境界。姚先生的四

部朱權研究著作，非但奠定了姚先生在朱權研究方面重要的學術地位，而且也使她達到了在研究中左右逢源的境界。如今，姚先生雖年事已高，但「衣帶漸寬終不悔，為伊消得人憔悴」（宋柳永［鳳棲梧］語，被王國維引喻持之以恆、無怨無悔的治學境界）的精神依然，其對朱權研究的腳步並未停止，這不能不說是她貢獻給當今漸顯急功近利的學界的最大財富！

原載《南大戲劇論叢·第十卷·2》南京大學出版社，2014 年

記姚品文先生的學術研究精神

熊大材〔註1〕

　　1959 年的秋天，姚品文畢業於北京師範大學中文系，服從國家分配，來
到江西師範學院中文系古典文學教研組，擔任元明清文學的教學工作。

　　姚品文在大學讀書期間，歷經「反右」、「教育大革命」等政治運動，並
未打好學術研究基礎。來到江西師院，從第一學年開始，系領導指定了國學
功底紮實的鄧鍾伯老先生任姚品文的指導教師。他對姚品文要求很嚴格，指
定必須通讀四部國學經典：《論語》、《孟子》、《左傳》、《史記》。其中《論語》、
《孟子》還必須全文背誦。他每週講課一次，要姚交一篇作業，他認真批改。
連續兩年的指導，培養了姚品文自學古典文學的能力。五年期間，姚品文只
發表了一篇學術論文《竇娥悲劇形成的原因是什麼》，那還是奉命為批判老教
師而寫。

　　1965 年姚品文調動工作至南昌市重點中學二中任語文教師，離開了大學
講壇。到 1981 年「文革」結束五年後，姚品文才回到江西師範學院中文系繼
續任教。經過「撥亂反正」，學校對大學教師有學術研究要求了。為了提高業
務素質和教學水平，姚品文「懂得了學習的重要，而撰寫論文正是一種學習
方式。特別是參加一些全國性學術會議，必須提交論文。在這些會議和相關
活動中，開闊了視野和胸襟，廣泛結識了國內學術界，還共同進行一些課題。
我的學術研究這時才開始起步」（《姚品文古典文學論文集·自序》）。

　　從此姚品文的學術研究一發而不可收。隨著歲月的推移，源源不斷地有
成果發表。至今累計達二百餘萬字。其中又可分為退休前後兩個階段：

　　第一階段是 1981 年至 1994 年退休。這個階段，由於忙於教學任務，學

〔註 1〕熊大材，江西師範大學文學院教授。

術研究成果只有以下幾項：1. 圍繞教學任務的研究。發表了元明清戲曲、小說、詩歌散文研究論文 30 多篇。2. 由胡守仁先生牽頭、王能憲先生共同參加的有國家撥款的古籍整理項目《魏禧集》。3. 自報了一個項目「江西古代女性作家研究」，得到批准。她從大量史傳文獻中輯得江西古代女性作家近 200 人，搜集了她們的生平事蹟和著作，撰寫了《江西歷代才媛小傳》，刊載於江西省社科院編的《社科情報與資料》；又寫了論歷代女性作家的論文 10 多篇，發表在各種報刊上。4. 由陶今雁先生任主編，姚品文任副主編，集體編寫了 185 萬字的《歷代詠物詩辭典》，江西教育出版社出版。姚品文除審稿外，撰稿 45 萬字。5. 應蔣星煜先生之邀，為上海辭書出版社出版的《元曲鑑賞辭典》撰稿 25 篇，並參加審稿。6. 姚品文在帶碩士生時，發現明寧獻王朱權很有研究價值，於是邊教學邊研究，至 1993 年由江西高校出版社出版了《朱權研究》一書，約 20 萬字。

第二階段是 1994 年退休以後至今。其中 1994 年她應聘到海南瓊州大學執教，兩年沒有科研任務。1996 年回到南昌後，本可以過著退休賦閒的生活，她卻全身心地投入了學術研究工作。可以說，她的學術研究成果主要是在退休以後完成的。主要有以下幾項：1. 繼續《魏禧集》的整理工作。這本是退休以前完成的稿子，經中華書局審稿，提出要做補充加工。此時，胡守仁先生年事已高，王能憲先生已調往北京工作，擔子便落在了姚品文一人身上。經過一年時間的修改定稿，寄回書局，於 2003 年出版，書名《魏叔子文集》，80 餘萬字。2. 參加陳良運主編的《中國歷代文學論著叢書》之一《中國歷代賦學曲學論著選》的編寫，完成《曲學卷》的選、注、評釋，約 40 萬字，2002 年由百花洲文藝出版社出版。3. 朱權研究。姚品文先生退休前已經出版了《朱權研究》一書，但退休以後她又發現許多新的史料，對原有的認識也形成了一些新的想法。於是對寧王朱權繼續深入研究。至 2013 年先後出版了《寧王朱權》（35 萬字，2002 年藝術與人文科學出版社出版）、《太和正音譜箋評》（30 萬字，2010 年中華書局出版）、《王者與學者——寧王朱權的一生》（25 萬字，2013 年中華書局出版）。4. 音樂史研究。姚品文先生業餘學習彈奏古箏，認識了音樂學院的謝曉濱教授。她們目睹音樂界很少有人研究中國古箏歷史的現狀，遂共同展開了這方面的研究工作，先後在《人民音樂》等刊物上發表了有關古箏和揚琴研究的論文 5 篇，並出版了專著 2 種：《古箏藝術與名曲》，2000 年百花洲文藝出版社出版，其中姚撰約 5 萬字；《文史談古箏》，

2015 年上海音樂出版社出版，15 萬字。5. 應邀參加的集體項目：一是參加全國高校古籍整理項目大型叢書《豫章叢書》的編輯，任副主編，其中姚品文個人整理有胡直《胡子衡集》、朱議霶《朱中尉詩集》等 5 種。全書 2008 年完成，江西教育出版社出版。二是參加《江西省大志・南昌縣藝文志》的修撰，時間長達十餘年，姚已完成 30 餘萬字初稿。

總之，姚品文先生近五十歲才真正進入學術研究領域，起步時間較晚，但學術研究成果頗豐。尤其令人欽佩的是她在學術研究過程中展現出來的可貴的學術研究精神。下面分幾點加以說明。

一、追求創新

追求創新主要體現在姚品文對朱權的研究過程中。朱權是什麼人？他是明代開國之君太祖朱元璋的第十七子。朱元璋精明能幹，又專制獨裁，他的二十幾個兒子，多能征善戰。其中最能幹、最威武的有兩位：一位是王於燕京（今北京）、威名震世的四子燕王朱棣；一位是王於長城以北的大寧廣大地區，「帶甲八萬，革車六千」的軍事統帥朱權。朱元璋死後，皇孫朱允炆繼位，即建文帝。建文即位之初，開始削藩，引起朱棣反叛，三年戰爭，朱棣把它叫作「靖難之役」。明太祖死後四年，朱棣奪其侄建文之位自立，成為孝文皇帝明成祖。朱棣起兵之初，就假兄弟之會，陰謀盡奪朱權之兵，挾持朱權參與「靖難」，許以「事成，當中分天下」。朱棣即位以後，終食其言，將朱權改封南昌。

改封南昌以後的朱權是一個怎樣的人？

由於朱棣及其繼承者與朱權曾經有過矛盾，特別是朱權的後代、四世寧王朱宸濠正德年間在南昌造反未成被鎮壓，此後文獻史籍對朱權生平的記載有意避諱和歪曲，他的文化貢獻更被忽略。比如我們常用的工具書《辭源》（商務印書館 1980 年版）「寧王」條，在有關「朱權」的解說中就赫然寫著「後廢為庶人」一句，這是把廢為庶人的朱宸濠當作了朱權。一個遠離真相，被醜化和被歪曲了的朱權，已經進入了歷史和典籍的記載。現實生活中，連他的後人也不知道這位始祖是怎樣的人，至於後世史籍，把他與造反的朱宸濠混淆，就不難理解了。

比如朱權是怎樣離開南京到他新的封國南昌的？明姜清《姜氏秘史》與查繼佐《罪惟錄》記載都說朱權假借「巡視」之名離開南京，一路飛揚跋扈，

出飛旗，命令地方官員為他修路；朱棣知道以後大怒，朱權又馬上夾起尾巴，帶了幾個從兵灰溜溜地溜往南昌。姚品文從胡奎《斗南老人集》中發現事情完全不是如此。朱權和他的下屬離開南京是非常風光體面的（見後）。朱棣對朱權也不是那些史料中描寫的那麼無情，《明實錄》記載朱權臨行前，朱棣還曾「賜鈔一萬錠」。姚品文還聯繫《太和正音譜》中朱權和王府官員一行進入南昌前在鄱陽湖上聽歌的熱烈場景，進一步推翻了前人錯誤記述。

朱權到南昌以後的生活狀態又是怎樣的？有些史書記載他主要是為了保全身家性命，消極隱逸，有的明史學者甚至說他「失敗後就一蹶不振，抑鬱終身」，「消磨時光、蹉跎歲月」。近年來一部暢銷書《明朝那些事兒》這樣寫道：「他（指寧王朱權）的憤怒是無法平息的，他囑咐子子孫孫不要忘記自己受過的恥辱。」現在更有一些以朱棣為題材的電視劇，把其中的朱權塑造成面目可憎的小人醜類。這些都是對朱權的臆測，甚至是無稽之談。朱權被歪曲得面目全非了。

姚品文根據其他史料，發現實際上朱權到南昌以後並沒有因政治失意而灰心喪氣，也沒有心存韜晦圖謀報復。相反他振奮精神，積極投身學術研究和文化建設。朱權撰寫和主持編輯、整理、刊刻了大量書籍。他的王府有刻書館，所刻書籍是明代著名的藩刻本之一。可是幾百年來他的著作被人忽視，大部散佚，方志和書目記載都不全。明清之際的著名藏書家錢謙益《列朝詩集小傳》錄朱權著作僅 20 種。《寧獻王事實》稱其書行於世者也只有 30 餘種。姚品文則廣為搜集，從多種文獻中發掘出朱權撰寫和主持編輯、整理和刊刻的書籍達 110 餘種，涉及儒家、道家、醫家、兵家、史學、文學、戲曲、音樂、雜藝等諸多領域。

朱權的著作中不乏傳世精品，如《太和正音譜》是中國戲曲史上第一部曲論和曲譜著作，曾被廣泛地引用，是研究中國古代戲曲史的必讀之作。又，琴樂是我國最古老、最有文化含量的音樂，至少流傳了兩千多年。明以前流傳的琴譜散亂而缺少規範。朱權用了十二年時間選編加工和出版了我國最早的琴譜集《神奇秘譜》，成為琴史上的經典。其他著作也大都有相當價值。試想：如果朱權在南昌是「一蹶不振，抑鬱終身」，「消磨時光、蹉跎歲月」，他能夠有這樣大的成就嗎？此外有的史籍還記載他在南昌「弘獎風流，增益標勝」（明焦竑《國朝獻徵錄》），也就是為扶持江西和南昌的文人，為地方文化建設做貢獻。這樣的精神狀態能說是抑鬱終身嗎？

　　南昌歷史上以「物華天寶，人傑地靈」著稱，唐代的王勃因撰寫《滕王閣序》而千古聞名；朱權的八世孫八大山人朱耷因獨樹一幟的花鳥繪畫而成為歷史名人。姚品文挖掘出長期居住南昌，創造了眾多文化成果的朱權，拂去掩蓋其上的灰塵，揭示其不朽的價值，展現了朱權在文化史上的光輝形象，增添了南昌的文化底蘊和光彩。

　　姚品文對朱權的研究堅持不懈，歷經二十餘年。二十世紀八十年代，姚品文因為明代戲曲教學的需要，開始研究朱權的《太和正音譜》，繼而研究朱權的人生經歷及其他著作。1993 年出版第一部研究成果《朱權研究》，九年之後的 2002 年出版了《寧王朱權》，又八年之後的 2010 年又出版了整理和研究朱權代表作的《太和正音譜箋評》；又三年，2013 年於中華書局出版了《王者與學者──寧王朱權的一生》。前後二十多年堅持不懈的創新研究，使曾經被人們淡忘和歪曲了的寧王朱權的真實形象，逐漸重新站在人們的面前。對一個歷史人物的史實研究，不滿足於畢其功於一役，而是不斷進行深入創新的研究，在現代學術史上不乏其例。最知名的莫過於二十世紀吳晗先生用三十年之力，四易其稿而完成的《朱元璋傳》。姚品文對朱權的研究也經過了類似的過程。其中廓清了許多歷史事實，給予朱權應有的評價，把一個被人們模糊地認為失敗以後「一蹶不振」的朱權，清晰地確立為「自強不息」的朱權，是姚品文先生著作的突出亮點和主要收穫。因此，著名學者蔣星煜先生稱《寧王朱權》為「世紀之交戲曲理論研究的一大收穫」。著名的戲曲研究專家洛地在《〈寧王朱權〉序》中說：「姚品文先生研究朱權可稱『海內獨步』。」《江西晨報》則稱姚品文為「國內朱權研究第一人」。我校文學院著名學者劉世南老先生在贈給姚品文的詩中說：「不是先生名世作，人間幾個識朱權？」當然，為朱權立傳，上起朱元璋，下到朱耷，幾乎成了有明一代的半部歷史。其意義就不限於理解一個人，還能比較全面地展示明初宗室內部複雜而微妙的關係，具有歷史學的重大意義。另一方面，從文化學的角度，研究作為明初學者代表人物朱權的學術之路及其學術貢獻，其意義就更為重大了。

　　除了研究朱權人生的傳記系列以外，《太和正音譜箋評》是姚品文朱權研究的另一重大成果，也具有突破和創新性。朱權所著《太和正音譜》自明清以來廣為流傳，版本不少，卻沒有一種版本是完善的。至 1959 年中國戲劇出版社出版的由中國戲曲研究院編輯整理的最新版本，為我國曲學界普遍使用，但也存在許多不足，給曲學研究帶來一些負面影響。比如它的句讀標點就違

背了曲這種文體的規範。姚品文在二十一世紀初，開始在前人多種版本基礎上整理出了一個《太和正音譜》的新版本——《太和正音譜箋評》，2010 年被中華書局列入「中國文學研究典籍叢刊」出版。這個版本集版本整理、史料彙集、理論研究於一體，使《太和正音譜》的文藝學和文獻學研究邁上新臺階。洛地在該書的序言中說：「近若干年來，律詞和『南北曲』的出版物，編者多按一己對辭意的理解而任意標點句讀，以至對這部以規範文體為宗旨的《太和正音譜》也如此，致使《太和正音譜》背離了其為『曲譜』的性質。姚品文先生深有感於此，乃嚴格按文體的『韻』、『叶』、『句』標點句讀，端正了其為『曲譜』的應有面貌。」他還說：「我可以負責任地說：姚品文先生箋注的這部《太和正音譜》，是迄今為止最好的版本。」《太和正音譜箋評》後來被全國高等院校古籍整理研究工作委員會列為資助項目，我校科研處也給予了相應的鼓勵和幫助。

姚品文先生學術研究的創新還表現在其他方面。她對女性作家的研究始於二十世紀八九十年代，具有一定的開拓性。她的專業不是音樂，但也與音樂學院教授謝曉濱先生合作，撰寫了《文史談古箏》。中國當代古箏界領軍人物、著名古箏演奏家、中國音樂學院教授王中山在《文史談古箏》的序言中說這本書「發表了許多新的創見」，「得到了一些被前人忽略的史料」，「構成富有創意」，「能夠適應不同要求的學者」，「以獨有的聲音響徹大江南北」。

二、不辭艱苦

馬克思曾經說過，在科學上沒有平坦的大道，只有不畏艱險沿著陡峭山路攀登的人，才有希望達到光輝的頂點。

姚品文先生的前半生，主要是「文革」前的二十年，從學術成就看，幾乎連起步都談不上。直至 1980 年姚先生已年近半百、調回江西師大任教，才開始了她的學術生涯，個人基礎和客觀條件都相對不足。退休以後就更加困難了。她說：「做大型學術研究，撰寫專著論文，對於學養淺薄的我來說，實在是一件非常艱苦的事。」（《姚品文古典文學論文集・自序》）

首先是搜尋資料。搜索尋覓先是立足於本地。在本校、本省的圖書館、博物館潛心查找，耐心閱讀。《寧王朱權》附錄的參考書目七十二種，大都是在這裡親自查閱的。但是大量的文獻史料本地沒有，而是零星分散在全國各地，如何獲得呢？據她說她想方設法通過各種途徑，有條件親自前往的就力

爭自己前往，比如去北京探親時，就去國家圖書館；去杭州訪友時，就到浙江圖書館。《太和正音譜》的一個珍貴版本——明萬曆何鈁刻本就是在浙圖發現的。有的是通信聯繫：朱權的《道德性命全集》是以通信求助方式，得到了來自吉林省圖書館的書影圖片。還有大量的幫助來自支持她做研究的親友。《古今武考》孤本藏在貴州省圖書館，就讓在廣東珠海工作的兒子放棄旅遊去貴陽圖書館查閱抄錄。在上海復旦大學圖書館工作的友人龍向洋博士遠在美國哈佛大學，主動幫助尋找朱權的史料。她從前的學生、現在南京師大的博士生導師孫書磊教授，在南京圖書館為她手抄了朱權的《宮詞》百餘首等多種文獻資料。她很想知道朱權當年所在大寧即今天的寧城有沒有遺跡留下，就在網上查到內蒙古寧城遼中京博物館的電話號碼，館長李義先生接電話後，發來了當時的寧王府遺址圖和與大寧相關的史料。總之，為了搜集有關朱權的資料，姚品文不知費了多少心血！其次，要對大量的資料進行「去粗取精，去偽存真，由此及彼，由表及裏」的研究，就更非易事。「思索與創造的確是一件非常艱苦的勞動。」（姚品文語）她是怎麼戰勝困難，取得這些學術成果的？姚品文講過一段動情的話：

> 我深知，我的學術道路不是我一個人走過來的。我的成長，離不開來自社會多方面的扶持栽培。江西師大的前輩教師胡守仁先生和我的指導教師鄧鍾伯先生對我學識基礎的奠定有很大幫助。而後來的學術研究道路上，更得益於上海藝術研究所的蔣星煜先生和杭州藝術研究所的洛地先生兩位知名學者。他們在學術場合與我偶遇即賞以慧眼，不僅對我的主攻專業——曲學，包括朱權研究給予指引和幫助。他們的學術、學風本身對我學術品格和能力的成長起著重要作用。（《姚品文古典文學論文集·後序》）

但是，戰勝困難，主要還是依靠姚品文頑強的意志，鍥而不捨如醉如癡的學術探求精神以及她的學術智慧。幾十年來，坐的是冷板凳，寂寞而枯燥。但是，姚品文說：「我們享受前人創造的文化財富，繼續傳遞給我們的後人，義不容辭。任何付出都是應該的，值得的。」

三、淡泊名利

姚品文的學術研究活動和研究成果，主要是在退休以後的漫長歲月裏進行和取得的。退休了，沒有了教學需要，沒有了參加學術會議的資格和機會，

不可能得到任何科研經費的支持，更沒有了評職稱、漲工資、得資金的奢望
和可能。特別是研究成果的出版，不僅沒有稿費，還要自己掏腰包買書號，
自費出版。對於經濟並不寬裕的姚品文來說，無疑是一個難題。但她堅持不
問名利收穫，但知耕耘。有人問她：「你退休了，為什麼還要進行學術研究呢？」
姚品文做了回答：「有人問我的時候，我的回答是：慣性。就是說：我在退休
以後，保持了在職期間讀寫的習慣，沒有設定一個明確的目標，或者要成就
一番怎樣的事業。但這不等於沒有任何驅動力。這種驅動力就是對知識和文
化的一種情感。我大半生從事古典文學的教學和研究，無論在課堂，還是在
書桌，面對的都是古人留下的那些無窮無盡的寶貴遺產。面對古人留下的偉
大、輝煌、深刻和精美的作品，是一種無與倫比的精神享受，享受的方式不
僅僅是閱讀、領略前人的成果，而是在學習探究和思考中有所發現，並用文
字把它表達出來，以期與現代人或後人討論、共享。這種享受不是華服美食、
豪宅高樓或者悠閒自在、無所事事所能比擬的。一個人來到世界上，不要只
是享受前人的成果，也要做出一些自己的貢獻。」每個人在自己進行創造的
過程中，不時會出現異常的興奮甚至是狂喜。王國維《人間詞話》曾引用辛
棄疾的詞《青玉案·元夕》「眾裏尋他千百度，驀然回首，那人卻在，燈火闌
珊處」，來比喻讀書做學問的最高境界。姚品文在長期學術研究過程中，這種
境界會不時光臨。如在研究朱權是怎樣離開南京去南昌的情景時，按《姜氏
秘史》和《罪惟錄》所說，朱權是劍拔弩張地鬧而無果，以後又夾著尾巴灰溜
溜地去南昌的。姚品文早在寫《朱權研究》時就從邏輯上懷疑此種說法，但
無佐證材料而沒有明加反對。直到八年後，姚品文的《寧王朱權》全書已經
完稿準備提交付印軟盤了，這時她發了一封題為「新發現」的郵件給友人洛
地說：「知道下面兩首詩是什麼嗎？」接下來是兩首詩：

　　三月二日陛辭欽蒙賜賞

　　　賢王開國大江西。侍從朝辭白玉墀。曙色飛回雙闕鳳，春聲唱
　　徹五門雞。煙霏縹緲凝丹扆，天語從容降紫泥。慚愧微臣蒙賜賚，
　　姓名親向御前題。

　　宸王駕出都城

　　　三月三日天宇晴。千官扈從出瑤京。桃花水動黃龍舫，柳絮風
　　揚翠羽旌。寶曆萬年宗社固，金城百雉瘴塵清。白頭奔走慚何補，
　　載筆題詩紀遠行。

這「是朱權的王府教授胡奎和朱權一起辭別南京時寫的。……我們勝利了！『理』學勝利了。『歷史』可以改寫了。這是我得到的新收穫。」姚品文多年探索，終於得到有力證明的新材料，她的欣慰溢於言表。

洛地先生在《寧王朱權》的序言中還說到：「本書附圖中有兩個字，貿看一下，上面是一點，像個『一』字；下面竟有點像簡體字的『種』字。朱權用在不止一本書的封裏和用它署序，當然不能是『一种』二字。品文兄四處求解未得，結果被她自己辨認出來了——根據對朱權『中和』思想的理解辨認出來了，原來是『中和』二字的合寫。見到她那欣喜若狂的樣子，不能不受其感染。」此後姚品文又找到更確切的證據：在後來發現的一件文物——朱權手製飛瀑連珠琴上，有著一個同樣的標誌。朱權王府琴室名叫「中和琴室」，姚品文辨認果然無誤。這張琴的圖片，後來作為插圖收進了《王者與學者——寧王朱權的一生》。

如今，姚品文先生已屆耄耋之年，依舊是每日像吃飯、呼吸空氣那樣不斷地進行學術研究。她的這種不計名利，視學術研究如生命的精神，是十分令人欽佩的！

原載《一枝一葉總關情——江西師範大學史蹟補輯》第八輯，

江西高校出版社，2016 年

編後記

　　我始知姚品文先生之名者，實因拜讀過鄒自振先生的《蔣星煜先生的湯顯祖及江西文史研究》一文〔註1〕。文中提及蔣先生「熱情地為江西師範大學姚品文先生的《寧王朱權》作序」，並引序文言：「（姚先生）《〈太和正音譜〉述評》（指該書第二卷）是不同凡響的力作，其學術成就，堪稱為世紀之交戲曲理論研究的一大收穫。」這著實讓我肅然起敬，高山仰止。彼時，我正為《崌泉集》中無一語涉及寧王朱權感到困惑不解，遂萌生當面請益的想法。後有幸通過江西師範大學張建中教授打聽到姚先生的電話和住址，並在他的陪同下，我得以拜見先生。

　　第一次拜訪姚先生的情景，我至今難以忘卻。那是 2018 年 5 月 29 日，我們按照約定的時間來到姚先生的家，敲開門，便看到先生早已在等候。一番簡單的寒暄後，她很親切地招呼我們落座，問了一些我們的基本情況，然後談話內容由朱權、朱權研究而至古代琴譜、音樂教育史，乃至先生的求學與工作傳奇經歷、交遊等等，話題愈來愈廣，隨意而無拘束。那晚，姚先生興致似乎很高，談興亦濃，大多數時候，我們靜靜傾聽她追往述今，既如沐春風，如飲甘霖，又似醍醐灌頂，甘露灑心。或許是先生特別平易、寬厚的緣故，我雖是第一次登門，卻毫無陌生感，也絲毫沒有拜見名家的緊張與忐忑。此後我們過從增多，既有相見晤談，也有電話往還，而更多的則是微信聯繫，期間還陸續得到過先生好幾種贈書，讓我感荷不已。

〔註 1〕該文刊於《文筆》2016 年 12 月「冬之卷」，總第 39 期。《文筆》乃江西省內民間讀書界頗有影響的民刊，裝幀樸素，格調高雅，多載書法、繪畫方面文章，可讀性強。

　　後來成立南昌朱權學會，先生邀我參加籌備。對於先生的這份信任和厚愛，我當時的感受是頗為「榮幸」和「惶愧」的。就在這段時期，我與先生見面、交流的機會明顯多了起來，也漸漸明白先生最為擔憂的是「沒有人管朱權」（先生語），因而她特別重視成立朱權學會。每次召開籌備會議，先生都不辭辛苦親自參加，為學會的發展出謀劃策，並希望更多年輕學者加入到朱權研究的隊伍中來，而且不顧年事已高，帶領我們到朱權墓遊覽，以增進我們對朱權的瞭解。冷落西山之下的朱權墓早已「頹隴並墾發，萌隸營農圃」〔註2〕，僅剩一對華表孤獨地矗立在荊棘之中，不復往昔之榮耀。作為學會一員，當我看到現實中與朱權相關之遺跡如此零落荒寂，不免唏噓，一種從未有過的強烈的使命感和責任感油然而生。也就在那一刻，我告訴自己一定要為先生、為學會做點力所能及的事。儘管「疫情」導致學會籌備的過程頗為曲折坎坷，而且時至今日成立大會亦未能召開，不過，先生從始至終為朱權學會殫精竭慮，她身體力行地詮釋了「朱權研究第一人」〔註3〕的責任與擔當。

　　這麼多年來，我與先生逐漸建立起了亦師亦友的忘年情誼。如今，有機會能為先生的學術論文集的面世略盡綿力，實乃我之大幸。對於我個人而言，通過編輯本書，將有助於深入理解和把握先生的學術成就和治學方法，為今後的研究奠定較為紮實的基礎；另一方面，倘若本書能夠為更多的讀者提供一個更快更全面進入姚先生學術世界的途徑，那麼我編輯本書的初衷也便實現了。

　　關於先生的學術成就，本書附錄中已從各個方面作了梳理和總結，故此不再贅述。在本書的編輯過程中，有以下三點我需要在此說明：

　　其一，選文原則是以姚先生提供的篇目為基礎，後又根據本書實際情況略有增減（先生過目後亦認可）。編排的次序，最初思路是按文章發表的時間順序。這樣的編排，時間脈絡固然較為清晰，且也相對省力，不過姚先生覺得這會造成談論同一話題或相關研究的文字被人為分開，以至於跳躍性過大，不便於閱讀和比較。所以，通過與姚先生多次溝通商量，最終確定了所選文

〔註2〕張載《七哀詩》二首其一，見逯欽立《先秦漢魏晉南北朝詩》，中華書局1983年版，第741頁。
〔註3〕姜旭東《江西師大副教授姚品文：國內研究朱權第　八》，見《江西晨報》，2011年12月7日第四版。

章的排列次序既按時間順序，亦依所寫內容，於是將論文集分為九個部分，如此便大致涵蓋了姚先生著述中的主要研究領域。其中有一兩篇文章界限不甚分明，我按照自己的理解進行了分類，若有不當，責任在我。

其二，就選文範圍而論，自上世紀八十年代至最近，跨時超過三十年。所選之文是在不同時期、不同類型的書刊上發表過的，如今匯各篇為集，因而有的文章在取材和內容方面，就難免有些重複。為了保存歷史原貌，文章基本上都是照錄原刊，僅對個別標點、用字略作修正，其他則一仍其舊，最大限度地保留了文章發表時的原貌（所收文中提朱權著作數目不一致，前者70餘種，後來100餘種，是不斷發現所致，亦未作改動）。但也有一部分論文發表後，姚先生又做了少量修改，所以選入時以修改本為主。

其三，按照時下通行的做法，在編輯本書時，統一了全書各篇某些格式細節。比如原稿注釋體例存在差異，本書對之進行了統一化處理，將原來的篇後注移作頁下注，同時注明了具體頁碼。標識頁碼採用的文獻版本，盡可能與原文所引版本一致。頁下注中可能會出現標注頁碼的文獻出版年月晚於文章發表年月的現象，原因在於身邊找不到原文中的文獻版本而代之以新出版本。又如文章發表時凡署名的，不再一一標明；凡使用筆名或有合作者的，在每篇文末均加以說明；原載書刊及發表時間也一併附在文末。

回顧本書的成書過程，首先，我要感謝姚先生，沒有她的信任與支持，根本談不上本書的結集出版；沒有她認真、耐心地選定篇目，甚至不辭辛勞地細細校對改正謬誤，就算到了付梓之日，我內心依然不免「惴惴小心，如臨于谷」〔註4〕，擔心因我的編輯差池而有損先生的學術榮光。其次，南京大學孫書磊教授曾通讀全稿，並提出不少寶貴的意見和建議，尤須深致謝意。我的學生劉相成、余思穎先後參與了部分文稿的錄入和校核工作，特此說明，也深表感謝。再次，感謝花木蘭文化出版社的盛情厚意，使得姚先生積累的智慧，能完整地呈現出來。特別是楊嘉樂女士負責本書出版的具體事宜，也是需要鄭重感謝的。最後，謹以本書的出版，權充先生九秩的壽誕之禮，祝福她「眉壽萬年，永受胡福」〔註5〕。

〔註4〕《小雅·小宛》，見朱熹《詩集傳》，中華書局 2011 年版，第 184 頁。
〔註5〕《儀禮·士冠禮第一》，見楊天宇《儀禮譯注》，上海古籍出版社 2016 年版，第 22 頁。